KING

© 2023, Marcos Nieto Pallarés
© 2024, de esta edición por Antonio Vallardi Editore S.u.r.l., Milán

Todos los derechos reservados

Primera edición en esta colección: octubre de 2024
Segunda edición en esta colección: noviembre de 2024

Newton Compton Editores es un sello de Antonio Vallardi Editore S.u.r.l.
Pl. Urquinaona, 11, 3.º 1.ª izq. Barcelona, 08010 (España)
www.newtoncomptoneditores.com

Gruppo editoriale Mauri Spagnol S.p.A.
www.maurispagnol.it

ISBN: 978-84-10359-83-3
Código IBIC: FA
DL: B 14.041-2024

Diseño de interiores:
David Pablo

Composición:
Javier Sánchez Meco

Impreso en noviembre de 2024 en Puntoweb s.r.l., Ariccia (Roma), en Italia.

Marcos Nieto Pallarés

El último cielo perdido

Newton Compton Editores

Barcelona, 2024

Para Marta Martín Girón,
por animarme a seguir cuando mis fuerzas flaquean.
Por darle sentido a lo que hago. Aunque muchas veces
lo que hago no tenga sentido.

Ningún hombre conoce lo malo que es hasta que no ha tratado de esforzarse por ser bueno. Solo podrás conocer la fuerza de un viento tratando de caminar contra él, no dejándote llevar.

CLIVE STAPLES LEWIS

Sabía que tanto el bien como el mal son cosas rutinarias, que lo temporal se prolonga, que lo interior se filtra al exterior y que a la larga la máscara se convierte en rostro.

MARGUERITE YOURCENAR

El odio es el agente unificador más accesible y completo. Los movimientos de masas pueden levantarse sin creer en un Dios, pero nunca sin creer en un demonio.

ERIC HOFFER

Prólogo

La sangre parece menos roja.
La noche lo cubre todo de igualdad.
Es suave y la mañana afilada.
Atenúa los rostros y las miradas pérfidas.
Con ella llegan los sueños y con ellos las pesadillas.
¿Cómo puedo saber si estoy durmiendo o despierto?
Cuando cae la noche, la sangre pierde intensidad y los rostros y las miradas perfidia, pero el dolor golpea con la misma fuerza. El sufrimiento me devolverá a la realidad o me demostrará que estoy en la antesala de mi muerte.

Recordé el inicio de mi *best seller Delirios*, publicado hacía más de cinco años; impulsado por mis miedos, su preámbulo se paseó por mi mente como una profecía que amenazaba con cumplirse.

Pegué la espalda al rugoso tronco de un pino. Tomé una larga bocanada de aire antes de echar a correr como un ciervo acosado por una manada de lobos.

Miré instintivamente hacia atrás: ni rastro de mi perseguidor. No necesitaba verlo para saber que estaba ahí, oculto entre las sombras; podía olfatear sus ansias de hostigar.

«Son animales nocturnos y yo su presa. Controlan los tiempos. Guardan las distancias. Alargan su disfrute y mi sufrimiento».

Bajo mis magulladas costillas latía un corazón al borde de la taquicardia.

A pesar de lo infructuoso del anterior intento de huida, no ce-

jaría en mi empeño; preferiría morir de un colapso físico que sujeto al yugo de un tarado.

Las lechuzas no ululaban, los grillos no cantaban sus estridentes
sinfonías, las hojas agitadas por el viento no emitían rumor alguno:
me envolvía un silencio tan atronador como un grito en plena noche.

Volví a avanzar entre los árboles, esquivando ramas como dedos
huesudos, saltando piedras angulosas y troncos que parecían cuerpos en descomposición.

«No te detengas –me repetí mientras escuchaba mi respiración
agitada–. No pares hasta llegar a Heaven Lost».

Me vi capaz de recorrer la distancia que me separaba del pueblo.
Por mucho que él conociera el terreno, no me alcanzaría si yo no
bajaba el ritmo.

«Voy a conseguirlo –me alenté–. Saldré de este maldito infierno».

Sin embargo, en Heaven Lost, «avanzar» no significaba por fuerza «dejar atrás».

Entonces lo vi en un claro de bosque, iluminado por una luna
que apenas iluminaba, sujetando el marcador de ganado con el
que pretendía marcar un jeroglífico en medio de mi pecho.

Todo, menos su figura, permanecía a oscuras.

«Es inútil».

El derrotismo se apoderó de mí.

«No puedo escapar».

Me senté en el sotobosque. Resignado. Cansado.

Mi infancia, mi adolescencia, mi madurez… volvieron a mí como
un torrente de melancolía. Es cierto. Sucede. La vida pasa ante
tus ojos en lo que dura un suspiro.

No temía a la muerte. No temblaría ante el de la guadaña, pero
me aterraba la tortura. Y presentía que el Loco del Marcador
–como yo lo conocía en mi fuero interno– no se conformaría con
marcarme a fuego.

«Nunca debí pisar Heaven Lost. Nunca debí acudir a este lugar
en busca de inspiración».

1

La proposición

Anfernee Scott

Días antes

Era consciente de que no conducía hacia una inocente reunión de amigos, como pretendió venderme por teléfono. Si me dejé engatusar por su refinada verborrea fue porque me lanzó al estrellato cuando yo no era más que una promesa. Desde el punto de vista literario, le debía mucho a Edmund Freeman. Lo escucharía, sí, pero mi férrea intención era rechazar la proposición que, sin miedo a equivocarme, llevaría debajo del brazo.

«Algunos hombres son tan predecibles como ciertas novelas –pensé, detenido en un semáforo, observando cómo dos niños ataviados con guantes de béisbol cruzaban ante el morro de mi coche–. Quién pudiera volver a la edad de la inocencia».

Fui feliz durante mucho tiempo. Luego llegaron las muertes de mis padres y me estrellé –junto al estrellato– contra un muro de inapetencia.

No lograba escribir una página decente.

Por suerte o por desgracia, no era de esos escritores que se vendían por un cheque en blanco. Odiaba a los *juntaletras* que entregaban manuscritos mejorables solo para llenarse los bolsillos.

Anfernee Scott había dejado de ser la fuente de ideas que había conseguido vender más de doscientos millones de ejemplares para convertirse en un surtidor de historias sin fuerza. No obstante, podía permitirse el lujo de sentarse a trabajar cada mañana en bata y pantuflas y no escribir un capítulo decente.

Me citó en una cafetería cualquiera; de haberlo hecho en la editorial hubiera declinado su «amistosa invitación». Desde que decidí que no iba a publicar hasta tener algo verdaderamente bueno, no había recibido un solo mensaje de esos chupatintas. Para ellos no era más que un nombre, una máquina de hacer billetes. Si tus letras no aportan, no eres nadie. Es triste, pero es la verdad. El mundo es un escenario plagado de actores, de ganadores del Óscar a la mayor farsa. De ahí que, tras quedarme solo, pasara la mayor parte del tiempo encerrado en mi mansión de cincuenta millones de dólares, con la única compañía de Lorene y mi gata Tinta. Allí me sentía en paz, lejos de las voces falsas de mis editores y las ansiosas de mis fieles lectores. «¿Para cuándo tu próxima novela?». Estaba harto de oír siempre la misma cantinela.

Conduje absorto discurriendo una historia que trasladar al papel. No podía dejar de hacerlo, de buscar la chispa que prendiera mi inspiración, de rastrear una trama que me lanzara de nuevo a la palestra.

«¿Un hombre que se transforma en el anticristo? –cavilé mientras doblaba por Cherokee Street–. Quizá dándole un enfoque original… No jodas, Anfernee, eso está más visto que el tebeo. Ahora que lo pienso… ¿El hijo de Stephen King no escribió algo parecido? Mierda».

Aparqué mi flamante Bentley Bentayga detrás del no menos espectacular Jaguar XKR cupé de Edmund. Me apeé y anduve pensativo hacia la puerta de la cafetería. Hacía más calor de lo esperado y todavía no eran ni las diez de la mañana. Por suerte, andaba en camiseta y pantalón corto. En mi continuo afán por no ser reconocido, me había puesto además mi gorra de los Yankees y unas gafas de sol. Aun con todo, me coloqué la mano como si se tratase de una extensión de la visera; a mis ojos no les gustaba ni una pizca recibir luz de frente.

Entré y un rumor de voces me atacó por todas partes. No pude evitar pensar que todos y cada uno de los clientes y trabajadores del local me habían reconocido al instante y cuchicheaban sobre Anfernee Scott, el gran escritor venido a menos. Sin embargo, al fijarme mejor no advertí sorpresa en el rostro de nadie, sino que cada cual se encontraba absorto en lo suyo.

Enseguida vi a Edmund sentado a una mesa del fondo, llamando mi atención a base de aspavientos. Me dirigí hacia él caminando entre las mesas y me senté al otro lado del tablero rojizo.

—Buenos días, Anfernee.

—Hola, Edmund. ¿Qué es eso tan importante que querías proponerme? Si tiene que ver con los avances de mi próxima novela, te adelanto que...

—Eh, hombre, relájate —me interrumpió con aire despreocupado—. Tómate un café y un bollo y hablemos tranquilamente. Sé que no tienes nada que darme. Por eso estamos aquí, para intentar solucionar tu bloqueo.

—Dudo que tú puedas desbloquear nada.

Edmund no era un mal tipo. Nunca le había hecho daño a nadie a conciencia —que yo supiera— ni andaba por ahí jodiendo al personal por envidia o conveniencia; no obstante, era un hombre movido por el interés: si pretendía ayudarme era para llenarse los bolsillos. Mi éxito como escritor lo había convertido en un hombre adinerado y llevaba demasiado tiempo sin llevarse un suculento porcentaje de una de mis obras.

—No seas injusto conmigo. Sabes que me preocupo por ti.

—¿Ah, sí?

—Sí.

La camarera apareció de pronto con un bloc de notas y un bolígrafo.

—Buenos días, caballeros. ¿Qué desean tomar?

—Buenos días, señorita —respondí amablemente—. Yo un café solo, sin azúcar. Y un dónut. Gracias.

Edmund pidió un café con leche y tarta de queso.

—Como iba diciendo —prosiguió Edmund tras la interrupción de la camarera–, me preocupo por ti. Así que voy a ofrecerte una solución para tu bloqueo de escritor.

–Sorpréndeme.

–Le he estado dando vueltas y creo que necesitas un cambio de aires. No puedes pasarte el día metido en tu mansión de mil metros cuadrados, con la única compañía de tu gata y una vieja. –Con lo de «vieja» se refirió a Lorene, la empleada doméstica–. Necesitas cambiar la ciudad por el campo. Por eso te propongo que te vayas unos días a la cabaña que tengo en el bosque. Está al lado de un lago precioso. Podrás pescar, salir a correr, hacer excursiones por la montaña, nadar, respirar aire puro, pasear por Heaven Lost, un pueblecito encantador que está a solo diez kilómetros de distancia… Y tratar de escribir junto al fuego de una chimenea. Ya he avisado al matrimonio de ancianos que me mantienen la casa en condiciones para que le den una limpieza a fondo. Es una idea cojonuda, ¿no crees?

No me lo podía creer: la idea de Edmund no era una absurdez, como había estado temiendo desde su llamada. No obstante, necesitaba pensármelo. Mi desgana podía más que mis ganas de volver a sentirme escritor y no un simple *juntaletras* que aporrea las teclas de su ordenador sin más propósito que el de avanzar en una historia. Necesitaba calar en el lector; que, tras pasar la última página de mi próxima novela, permaneciera largo tiempo absorto, pensando en lo que acababa de leer, dándole vueltas a todo y, a poder ser, analizando si había logrado cambiar algo dentro de él.

Pero aún no estaba preparado para enfrentarme a una hoja en blanco en un lugar que no fuera mi casa.

–Me lo pensaré.

–Pero…

–He dicho que me lo pensaré –dije rotundo.

–Yo solo…

–Sí, sí, Edmund. Tú solo quieres ayudarme. Aquí el dinero no tiene nada que ver.

–Yo te…

–Me lanzaste al estrellato. ¿Y? ¿No te llenaste los bolsillos gracias a ello? ¡Deja de presionarme, hostia!

Justo después de mi grito apareció la camarera por mi derecha. Dejó las bebidas donde correspondía mientras Edmund me miraba con cara de circunstancias.

No tendría que haber atraído las miradas de los demás clientes.

–¿Ese no es Anfernee Scott? –Escuché que decían en la mesa de al lado, donde un chico y una chica de no más de veinte años tomaban café y, gracias a mi subida de tono, me observaban de reojo–. ¡Es mi escritor favorito!

–Pues pídele un autógrafo –sugirió su acompañante por lo bajini.

–Uy, ni de coña, me da corte. Además, no quiero molestar.

«Gracias», pensé, asombrado por su comprensiva actitud.

Me centré de nuevo en Edmund.

–Me largo.

–No te has acabado el café.

–No. –Dejé un billete de veinte dólares sobre la mesa–. Lo que sobre déjalo de propina.

Edmund asintió con la cabeza, claramente decepcionado por mi reacción.

–No te pongas así, hombre.

–Hasta otra, Edmund.

Le di la espalda y abandoné la cafetería.

Cuando me disponía a entrar en el coche vi un ejemplar de *Delirios* en los asientos traseros; intentaba tener siempre alguno a mano por lo que pudiera surgir.

«¿Por qué no? –me dije–. Si puedo alegrarle la mañana a alguien…».

Lo cogí y volví a entrar en la cafetería. Me acerqué a la barra y le pedí un bolígrafo a la camarera, que gustosamente me lo prestó.

Edmund creyó que había vuelto para disculparme y aceptar su invitación, pero ni siquiera me digné a dirigirle la palabra. Me coloqué ante la mesa de los veinteañeros y me dirigí a mi fan confesa:

–Buenos días, joven. ¿Me podría decir su nombre, por favor?

–Bu-buenos dí-días, señor Scott. Me llamo Allison Green –balbució.

Dejé el libro sobre la mesa, lo abrí por la portadilla y escribí debajo del título: «Para Allison Green, la chica de la mesa de al lado». Y estampé mi rúbrica.

A la joven se le iluminaron los ojos y a mí se me arregló un poco la mañana.

–Gracias, señor Scott. Lo guardaré como un tesoro.

–Gracias a ti.

Cuando agarraba el pomo de la puerta, dispuesto a salir de la cafetería por segunda vez, crucé una mirada con Edmund. Le guiñé el ojo con gesto cómplice. Él esbozó una sonrisa triste desde el fondo del local.

2

El impulso

Anfernee Scott

Abrí la puerta corredera con el mando a distancia y circulé a baja velocidad por el camino adoquinado que conducía al garaje de mi mansión.

«Nadaré un poco, a ver si me relajo –pensé tras ver mi piscina de quince por ocho asomando por una esquina–. Ese capullo de Edmund me ha puesto de mala leche. Soy libre de escribir cuando do me dé la gana. ¡Como si no escribo una frase en lo que me resta de vida! Firmamos por seis novelas y la siguiente sería mi séptima obra. Yo que él no jugaría con fuego. Como vuelva a meterme prisa, me busco otro agente menos codicioso».

Aparqué en mi amplio garaje y entré en casa.

–¿Lorene? –llamé mientras avanzaba hacia la cocina.

–¡En la cocina, Anfer!

Solo a ella le permitía llamarme «Anfer». No obstante, igual me llamaba Anfer que «señorito» que se dirigía a mí de tú que de usted. Sin duda, era una mujer peculiar.

–Hola, Lorene –saludé nada más entrar.

–Hola, señorito.

Me miró fijamente con sus grandes ojos, que habían visto pasar sesenta y dos primaveras, y a los que no podía engañar.

–La reunión no ha ido bien, ¿eh?

–¿Por qué lo dices?

Le di un beso en la mejilla mientras ella cortaba zanahorias en rodajas muy finas.

–Porque te conozco como si te hubiera parido.

–Ya. Edmund quiere que pase unos días en una cabaña que tiene no sé dónde, a ver si eso me devuelve la inspiración. El pobre está desesperado por volver a forrarse a mi costa.

–Pues a mí me parece una buena idea.

Consideraba a Lorene una segunda madre. Le pagaba por hacerme la comida y la cama todos los días, entre otras cosas, pero no la veía como mi empleada. Los años previos a la muerte de mis padres los pasé en aquella misma casa, conviviendo con ellos y una «sirvienta», aunque esta pernoctara en la casa de invitados. Tiempos dichosos durante los que la inspiración fluyó por mis venas como lágrimas de felicidad por mejillas sonrojadas. Pero mis padres se fueron de la noche a la mañana y el cielo despejado que me acompañaba a todas partes se tiñó de negro. Y un día, Lorene, tratando de aliviar mi pesar, me trajo a Tinta dentro de una caja de cartón llena de agujeros; aquel día me enamoré de una gata.

–No me apetece cambiar de aires.

–A ver, Anfer, ¿a ti te apetece algo que no sea andar de aquí para allá sin pegar palo al agua?

Sonreí.

–Nadar.

–Eso decía yo: nada. –Volví a sonreír–. ¿Y qué va a querer el señorito para comer? ¿También nada?

–No. Tengo hambre. Una hamburguesa de esas que haces que están para chuparse los dedos. De las de tres pisos y…

–Ya, ya… Las «marca de la casa».

–Ni más ni menos. Y, a poder ser, me gustaría tomármela bajo la pérgola de la piscina.

–Faltaría más.

Aquella mujer me recordaba a mi madre, tal vez demasiado, entrada en carnes, con el rubio pelo rizado cayéndole por los hombros como una cascada de oro, los ojos azules y la nariz chata, yendo en delantal a todas partes…

–¿Te viene bien para la una?

–A la una está bien.

–¿Agua fría?

–Sí, gracias. Voy a nadar un rato. Por cierto, ¿dónde está Tinta?

–Supongo que investigando por el jardín.

–Para variar.

–Esa gata tiene más sangre que usted.

«La madre que la parió», me dije.

Fui al salón, cogí el portátil de la mesa que lo presidía y salí al jardín por la puerta corredera –que siempre dejábamos un palmo abierta para que Tinta entrara y saliera a voluntad–, dispuesto a hacer unos largos y a intentar escribir algo decente.

–¡Tinta!

Mi gata negra de ojos azules salió de detrás de una palmera.

–¿Qué hacías ahí detrás, granuja?

Le rasqué detrás de las orejas mientras ella se restregaba contra mis pies.

–Voy a nadar un poco ¿Quieres venir conmigo?

–*Miau...*

–¿No? Pues vale, tú misma.

Me puse el bañador que siempre dejaba colgado de una esquina de la pérgola para que se secara y me lancé de cabeza al agua.

Nadar, nadé, pero nada de escribir algo decente; todo lo que empezaba me parecía trillado y falto de ingenio.

Tras devorar la deliciosa hamburguesa que me sirvió Lorene, me acosté con la panza llena sobre una de las tumbonas que rodeaban la piscina a ver pasar las nubes y, aprovechando la ocasión, mientras buscaba formas curiosas en ellas, dar con un principio de trama que me satisficiera.

Una nube parecía un conejo.

Otra un elefante.

Una incluso un *Tyrannosaurus Rex*.

Pero ninguna logró que saltara una chispa que prendiera mi inspiración.

Cerré los ojos. Me quedé en vilo, entre la conciencia y el sueño.

–Hola.

Me sobresalté. Cuando vi la pistola, por poco me caigo de la tumbona.

–No se-se leva-vante, señor Anfernee Sco-cott.

Obedecí. Tampoco creo que hubiera podido moverme: mis músculos parecían hojas de espada.

–Puedes llevarte lo que quieras, en serio –dije aterrado–. Pero no nos hagas daño, por favor.

La chica que me encañonaba de pie mientras yo permanecía tumbado medía poco más de metro y medio y pesaba como mucho cuarenta kilos; un buen soplo de aire fresco la hubiera mandado de bruces contra el césped. Parecía evidente, a juzgar por sus gestos y sus movimientos y de su dificultad para pronunciar frases comprensibles, que me encontraba ante una joven con una discapacidad mental. Vestía un chándal de marca impoluto y una camiseta que llevaba metida por dentro de los pantalones.

–No-no quiero na-nada, señor Sco-cott. Bueno, sí-sí quiero u-u-una co-cosa. Mi herma-mana Susan es muy bu-buena co-conmigo y lee sus li-libros. El otr-tro día me lle-llevó de paseo y me di-dijo que aquí vivía su escrito-tor fa-favorito. Y qui-quiero que escri-cribas un li-libro para ella. ¿Va-vale?

–Claro. Pero no hace falta que me apuntes con esa pistola, mujer. En cuanto te vayas me pongo a escribir el libro. Cuando lo termine, os lo llevaré a casa. ¿Te parece?

–Va-vale. –Se metió el arma por dentro de la goma del chándal–. Hoy Susan esta-taba llorando y sé que eso le ale-legrará.

–Eso está hecho.

–Bien. –Levantó las manos como si acabara de ganar un premio–. Me-me voy.

Y se fue sin despedirse por donde había venido. Dobló por una esquina de la casa corriendo sin demasiado estilo; ni siquiera la vi superar el alto muro que rodeaba el chalé, al que muchos llamaban «mansión».

«Un sistema de alarmas carísimo para esto».

El corazón me palpitó a toda prisa durante largos minutos.

«La madre que me parió», me repetí.

Entré en casa con el miedo aún metido en el cuerpo.

Encontré a Lorene en la cocina, supuse que preparándome la cena para que más tarde solo tuviera que calentármela, algo habitual en su modo de proceder.

—¿Ya se ha cansado de tomar el sol, señorito? —me preguntó con cierta guasa, desconocedora de lo que acababa de suceder en el jardín.

—¿Sabes qué, Lorene? Voy a aceptar la propuesta de Edmund.

—¿Y ese repentino cambio de parecer?

—He tenido una iluminación.

Rompió a reír. La jodida me contagió su risa, aunque aún me temblaran las canillas.

—Ahora he de llamar a la Policía —dije y abandoné la cocina.

—¡¿A quién?! —escuché mientras caminaba por el pasillo rumbo al salón.

—¡Nada, olvídalo!

«Ha de ser una maldita señal. ¿Edmund me propone cambiar de aires y horas después una demente se cuela en mi jardín y me apunta con un arma? Necesito escapar de mi zona de confort. Probar algo nuevo».

Me senté ante el televisor y llamé al Departamento de Policía con el móvil. Les conté lo que acababa de sucederme, pues mi deber como ciudadano era alertar a las autoridades. Poco después, se personó en mi casa un matrimonio de unos cincuenta años. Me explicaron que eran los padres de la chica que se había colado en el jardín y me rogaron que no interpusiera ninguna denuncia.

—Miranda se cayó de la bici cuando tenía diez años y sufrió daños cerebrales. La tenemos siempre vigilada, pero es muy escurridiza —me explico el hombre mientras la mujer mantenía la cabeza gacha.

Les recomendé que guardaran en una caja fuerte las armas que tuvieran, a lo que él respondió:

—Soy policía. Por eso hemos llegado tan pronto. Ha sido un grave error y le pido disculpas, señor Scott. En cuanto Miranda ha vuelto a casa y nos ha contado lo que había hecho…

Podía ser muchas cosas, pero no un hombre falto de humanidad. ¿Cómo iba a denunciar a aquellos pobres padres que cargaban con tal peso? Supuse que se habían sentido mil veces culpables por lo que le sucedió a su hija.

En vez de denunciarlos, se fueron con cuatro ejemplares de *Delirios* firmados; uno para su hija Sara, otro para Josh, el padre, otro para Mary, la madre, y un último ejemplar para Miranda, la delgaducha que me había puesto los huevos por corbata.

Veinte minutos después

—Dime, Anfernee —el tono de voz de Edmund reflejaba sorpresa.

—Oye, me lo he pensado mejor y acepto tu propuesta.

Silencio.

—¿Me paso en un rato por tu casa con las llaves de la cabaña y te explico cómo llegar? Los GPS no indican bien el camino a partir de Heaven Lost.

—Te espero.

3

Heaven Lost

Anfernee Scott

Una semana después

Madrugué.

De pronto, parecían haberme entrado ganas de huir de mi lujoso chalé.

Me preparé una pequeña maleta con lo básico –si necesitaba algo más lo compraría en el pueblo–, metí a Tinta en su transportín y partí hacia Heaven Lost inusitadamente ilusionado.

Conduje por la costa con la gata en los asientos traseros, dentro del amplio transportín bien sujeto por dos cinturones. Podía entrever, a través del espejo retrovisor interior, sus ojos azulados asomando por las ranuras de la «jaula» y oír sus intermitentes maullidos, que no me molestaban en absoluto.

La carretera zigzagueaba dulcemente cerca del mar, tan cerca de él que durante algunos tramos podía ver los espolones que contenían su furia y deleitarme con las sorprendentes formaciones rocosas que por momentos parecían puños golpeando las olas. De vez en cuando cruzaba un pueblo marinero y observaba a sus habitantes, aparentemente exentos de preocupaciones.

Ya podía notar un repentino cambio en mi estado de ánimo, y ni siquiera había llegado a Heaven Lost. Sentí un insólito afán aventurero, unas sorprendentes ganas de explorar el bosque, de nadar desnudo en el lago, de sentirme parte de la naturaleza.

«Puede que esto haya sido una buena idea», reflexioné.

Mi destino apareció tras tomar una curva a la derecha, al fondo de la línea que separaba el mar y la tierra, y desapareció al tomar la curva siguiente: una fugaz panorámica de tejados de tonos cálidos bajo un cielo de nubes blancas como la sal. No volví a ver Heaven Lost hasta tenerlo prácticamente encima.

Superé el letrero con el nombre del pueblo y, tras circular poco más de dos cientos metros por una calle delimitada por casas de madera, me topé con una gran plaza que guardaba en el centro una portentosa fuente.

Aparqué delante de una panadería.

–Vuelvo en un momento –le dije a Tinta antes de cerrar la puerta; dejé las ventanas bajadas para que no se asfixiara.

Miré alrededor equipado con mis gafas de sol y mi gorra de los Yankees; estaba allí para desbloquear mis aptitudes literarias, no para pasarme el día firmando autógrafos. Durante aquel primer vistazo advertí que, sin miedo a equivocarme, me hallaba en el corazón del pueblo, en una plaza de la que emergían calles como arterias que se estiraban hacia la frondosidad de los bosques, donde encontraría la casa de Edmund. Heaven Lost se hallaba entre el Atlántico Norte y una marea de árboles y matas.

Al otro lado de la plaza detecté una tiendecita de comestibles –más bien de las que venden de todo– de lo más bonita, con flores y revistas expuestas bajo el toldo que daba sombra en la entrada. Cuatro casas más abajo descubrí el Ayuntamiento, que destacaba por tener dos grandes columnas de estilo griego en la fachada; pegado a la casa consistorial se encontraba la oficina del *sheriff*. Por una amplia acera, bordeé la plaza rumbo a la tiendecita, superando negocios de todo tipo: bares, bancos, ferreterías…, establecidos en edificios de piedra de baja altura. Me crucé con hombres, mujeres y niños, altos, bajos, gruesos, delgados… Lo común. No obstante, me sorprendió que la mayoría fueran afroamericanos. También me pareció curioso que ninguno hiciera el más mínimo gesto sorpresivo al pasar por mi lado, y eso que más de uno me clavó la mirada.

24

«Puede que aquí se lea poco», pensé aliviado.

A mi derecha se abrió un hueco sin casas, un mirador presidido por un banco desde el que podía verse el angosto mar y el pequeño puerto, con sus barcos de pesca amarrados corroídos por la sal y otros de vela más bonitos. La carretera por la que había llegado transcurría entre los embarcaderos y el pedazo de muralla sobre el que me había detenido a otear el horizonte.

«Un pueblo precioso. –Inspiré largamente por la nariz y disfruté de un placentero aroma a mar–. Edmund estaba en lo cierto».

Decidí cruzar la plaza, casi toda ella adoquinada, por el centro. Me detuve ante la fuente.

«Curiosa», pensé. Un tridente de metal que arrojaba chorros por las puntas. Supuse que representaba al arma del dios Neptuno, pero a mí me pareció un tridente más acorde con el que se asocia al diablo.

Dejé atrás la extraña fuente y entré en la pequeña tienda dispuesto a comprar comida y lo que yo llamaba «provisiones para escribir». Mi idea era no volver a pisar el pueblo: necesitaba estar a solas con mis pensamientos.

Cerré la puerta y oí un «*mec*»: un timbre acababa de alertar de que un cliente acaba de acceder al negocio. A la derecha, encontré un mostrador que nadie atendía y, a la izquierda, tres estanterías de madera rebosantes de productos, que se alargaban más de lo esperado.

–¿Hola?

Esperé unos segundos, pero no apareció nadie por la puerta situada detrás del mostrador, que figuré que conducía a la trastienda. Me encogí de hombros y cogí una de las cestas de plástico acopladas las unas sobre las otras que había nada más entrar en la tienda. Cuando me disponía a llenarla de alimentos, advertí algo que me había pasado desapercibido: una estantería giratoria para libros, aparentemente dedicada a novelas de Anfernee Scott.

«No jodas».

La hice girar y no vi más que portadas de mis obras.

Mi mirada se fue al mostrador: oí chirriar la puerta.

–¡Ya está aquí, señor Scott!

Me quedé de piedra. Las gafas de sol y la gorra no habían servido de nada.

Una mujer afroamericana de unos bien cumplidos cincuenta años salió de la trastienda –pude ver productos amontonados antes de que cerrara– con una amplia sonrisa pintada en el rostro. Vestía un mono tejano de pierna ancha y por debajo una camisa blanca de manga corta. Llevaba el pelo peinado hacia atrás en largas trenzas negras como el carbón que combinaban con otras con sutiles reflejos del color de sus ojos y del de la cáscara de un cacahuete. Lo cierto es que, para tratarse de una cincuentona, su *look* era de lo más juvenil; y a mí me gustaban las personas que no vivían de acuerdo con estereotipos.

–Hola, mmm… –dije sorprendido.

–Disculpe. Me llamo Tituba Sow. –Pasó la mano por encima del mostrador, ofreciéndome que se la estrechara, mientras yo pensaba «curioso nombre». No le negué el apretón de manos–. Es un honor tenerlo en mi tienda, señor Scott.

–Gracias. Y a mí estar en su bonito establecimiento. Perdone la pregunta, pero…, ¿sabía usted que yo iba a venir?

–No me llame de usted, hombre. Y, sí, todo el pueblo lo sabe. Me temo que Samuel no es bueno guardando secretos.

«Pues las personas con las que me he cruzado no me han reconocido».

–¿Quién es Samuel?

–¿No lo sabe?

Parecía realmente sorprendida.

–El marido de la mujer que mantiene en condiciones la casa en la que va a pasar usted estos días.

–Ah, ya. Bueno. Ha sido un verdadero placer. Pero ahora, si no le importa, debería hacer la compra.

–Claro. Adelante. Si necesita algo, aquí me tiene, a su entera disposición.

–Gracias.

Le di la espalda, pero enseguida volví a oír su aguda voz:

–Antes de irse, ¿sería usted tan amable de firmarme alguno de sus libros?

«Ya me extrañaba a mí», asumí.

–Será un placer.

Volví a enfilar el pasillo más ancho.

Llené la cesta hasta los topes de latas de comida precocinada, paquetes de café molido de varios tipos, briks de zumo… Edmund me había asegurado que la casa estaba equipada con todo lo necesario: cafetera, microondas, lavavajillas, televisor, etc. y que la nevera estaría llena gracias a la pareja de ancianos que se pasaban de vez en cuando a comprobar que todo estuviera en su sitio. No obstante, dado que no pretendía volver a Heaven Lost hasta el día de mi regreso –por fuerza tendría que atravesarlo– y de que no sabía cuánto se alargaría mi estancia en la Casa del Lago –según Edmund, así la llamaban los lugareños–, preferí asegurarme de tener provisiones de sobra.

Dejé la cesta sobre el mostrador.

–¿Ya lo tiene todo? –preguntó Tituba, que no me había quitado el ojo de encima mientras compraba; cualquiera hubiera dicho que temía que le robara.

–Sí. Lo tengo todo.

Hice ademán de sacar la compra, pero Tituba me frenó: me dio una palmadita en la mano. «A estos de pueblo les das un dedo y te cogen el brazo», dije para mis adentros.

–Yo me encargo.

Sacó los productos y, sin ninguna prisa, los pasó por el lector de barras y los metió en bolsas de plástico, como si en Heaven Lost el tiempo no pudiera perderse.

–Son sesenta y dos dólares con cincuenta y seis centavos.

—Pagaré con tarjeta.

—Claro.

Justo cuando pasaba la tarjeta por el datáfono, entraron una niña y un niño afroamericanos de unos diez años. Ella llevaba un elegante vestido de punto blanco, unos zapatos de charol y el pelo recogido en una larga trenza que le llegaba a la cintura; él, unos pantalones cortos de tela beis, unos zapatos negros relucientes, una camisa de lino y el pelo afro cuidadosamente peinado; parecía que estaban haciendo la comunión. Se quedaron mirándome desde el umbral de la puerta.

—Mira, ¿ves como sí es el escritor ese del que habla mamá? —le susurró el niño a la niña.

—¡Iros a tomar viento! —gritó Tituba, sobresaltándome—. ¡Aquí no se os ha perdido nada!

Los niños salieron espantados.

—Bueno, ha sido un placer, Tituba. Hasta otra.

Después de presenciar sus malas formas, no me apetecía quedarme más tiempo en su bonita tienda.

Hice ademán de abrir la puerta, pero volvió a frenarme con su aguda voz:

—Se olvida de firmarme los libros, señor Scott.

—Ah, sí. Disculpe. Tengo la cabeza en otra parte.

—¿Dónde?

—Eso a usted no le incumbe.

Hubo un silencio incómodo; yo, como cualquier otro ser humano, también tenía un límite.

—Disculpe, a veces hablo demasiado.

—No pasa nada.

—¿Cuántos quiere que le firme?

—¿Todos?

«¿Lo dice en serio o me está vacilando?», me pregunté.

Su mirada me respondió: no estaba de broma.

—De acuerdo. Vaya poniéndolos sobre el mostrador y los iré firmando, como si fuera una mano mecánica en una cadena de producción.

Tituba rio, aunque mi pretensión no fue precisamente hacerme el gracioso.

Acababa de escribir la primera firma cuando una pareja de ancianos –juraría que los primeros caucásicos con los que coincidía en el pueblo– entraron cogidos de la mano.

Saludaron con un «buenos días» a coro.

–¿Es usted el escritor ese tan famoso? –preguntó ella con el temblor en la voz característico de su edad.

–Pues…

–Ahora no, Mildred –me interrumpió Tituba de un modo grosero–. Está firmando libros. ¿Estás ciega o qué?

Mildred hizo un aspaviento con la mano, mandándola a tomar viento sin abrir la boca, y se adentró en los pasillos de estanterías de la mano de su marido, que no inmutó el gesto en ningún momento; aquel hombre parecía tener paralizados los músculos de la cara.

Firmé unos cincuenta ejemplares mientras Mildred y su esposo llenaban el carro de la compra a un ritmo cercano al de una marcha fúnebre.

–Me voy. Se me ha hecho tarde.

Salí tan deprisa que apenas le di tiempo a Tituba de darme las gracias. No me detuve hasta llegar a mi Bentley.

«¿En serio?», me dije.

Las dos ruedas delanteras estaban pinchadas, con las llantas prácticamente apoyadas en el asfalto. Me acuclillé ante ellas y las estudié, pasando los dedos por el exterior del neumático, pero no di con ninguna raja, ni agujero, ni tornillo clavado.

«Esto es raro de cojones. Cuando he llegado estaban bien. Además, solo tengo una de repuesto –me lamenté–, así que… empezamos bien con la búsqueda de estímulos».

Llamé la atención de un hombre barbudo que paseaba por la acera de la mano de quien supuse que era su hija pequeña.

—Disculpe, señor.

—Hola. Dígame.

—Hola. ¿Hay por aquí cerca algún taller?

—Pues, sí, ahí mismo —dijo, señalando hacia el norte—. Doble por esa esquina, ¿la ve? —Asentí con la cabeza—. Lo encontrará al fondo de esa calle.

—Muy amable.

—Un placer, señor Scott. Su última novela hizo que se me pusieran los pelos de punta.

Me guiñó el ojo mientras yo no podía evitar tenerlos más abiertos de lo normal.

«Va a ser cierto que hasta el apuntador sabe que estoy aquí».

—Gracias. Que tenga un buen día.

Me quité la gorra y las gafas de sol cuando el hombre y su hija se alejaban. Para qué llevarlas si no cumplían con su cometido. Prefería contemplar el pueblo sin impedimentos y llevar la cabeza despejada: empezaba a sudarme la mollera.

Me puse al volante, con las gafas, la gorra y las bolsas de la compra sobre el asiento del acompañante, y conduje muy despacio hasta doblar la esquina indicada; no iba a solicitar una grúa por unos escasos doscientos metros. El coche giraba con dificultad, como un viejo con achaques, y me acompañaba un preocupante golpeteo procedente de la zona de los laterales delanteros.

«Todavía me cargaré la dirección», pensé. No obstante, no tenía ni idea de mecánica automotriz.

Enseguida vi un amplio garaje con un cartel roído justo encima y con las puertas abiertas y el suelo grasiento.

Aparqué delante y le eché un vistazo a Tinta.

«La pobre debe estar aguantándose el pis».

—¿Cómo estás, preciosa?

—*Meu.*

Abrí la puerta del transportín. Tinta salió con su característico aire cauteloso y olisqueó los asientos traseros. Me apeé y fui hasta el maletero para coger su arenero y sus cuencos para agua y comida, además de una bolsa de pienso. Volví a entrar y dejé el arenero y los cuencos sobre los asientos traseros, uno rebosante de pienso y el otro de agua de una de las botellas que había comprado en la tienda de la «agradable» Tituba. La gata no tardó en hacer pis y después en lanzarse a por el agua y el pienso.

«Pobrecilla. Estaba muerta de hambre».

Eché un vistazo rápido dentro del taller, pero no vi a nadie; solo coches con los capós abiertos y toda clase de herramientas que, a primera vista, parecían obsoletas.

«Estos no gastan lo último en tecnología. En fin. A fin de cuentas, para cambiar un par de ruedas no se necesita mucho».

–Puedes hacer el resto de tus necesidades, si quieres –le dije a mi gata después de darme la vuelta desde el asiento–. No te dé reparo apestarme el coche. Como poco me lo vas a llenar de pelos, así que…

Tinta me miró con gesto sorpresivo; siempre parecía vigilante, extrañada por todo.

–Ahora vuelvo.

Salí del Bentley y entré en el taller, que parecía el pulmón de un fumador. Lo primero que me llamó la atención –aparte del bestial desorden– fueron unos utensilios colgados de la pared de enfrente, sobre una mesa de trabajo más sucia que la carretilla de un matadero.

–¡¿Hola?!

No obtuve respuesta.

Avancé entre dos coches con el capó abierto, bajo los que se alargaban estrechas fosas desde las que los hermanos Sarkis accedían a los bajos de los vehículos. Me detuve ante la mesa mugrienta plagada de herramientas grasientas y volví a observar los extraños utensilios colgados sobre esta. Más de cerca, creí adivinar su utilidad.

«Son marcadores de ganado».

Dos de ellos estaban cruzados –me recordaron a una bandera pirata– y acababan en una hache y una ese: «HS». «Hermanos Sarkis», razoné. Pero un tercero, colocado en perpendicular, me hizo fruncir el ceño. «¿Eso es el símbolo de la cruz ansada?».

Conocía la simbología egipcia a grandes rasgos y no lograba entender por qué alguien querría marcar una res con un jeroglífico egipcio.

Di un respingo al oír un fuerte gruñido a mi derecha. Por un segundo creí que se trataba de un perro, pero enseguida descubrí a un espigado hombre afroamericano que se abalanzaba sobre mí con el cuerpo retorcido. Actué instintivamente: me eché a un lado y lo aparté.

–¡¿Qué coño haces?!

El hombre se trastabilló, se dio de bruces con el pegajoso suelo y rompió a llorar como si le estuvieran arrancando las entrañas. Y a mí se me partió el alma: lo que tenía a mis pies no era un hombre cualquiera, sino uno alto como un pino y delgado como un fideo, con la columna encorvada y el gesto retorcido, que no lloraba como un hombre normal, sino como un cordero que huele el filo ensangrentado de un cuchillo de carnicero.

–Lo siento.

Hice ademán de ayudarlo a levantar, pero el hombre, que sin duda sufría un retraso mental, se echó bocabajo y berreó con más fuerza si cabe al tiempo que pataleaba sin ton ni son, parecía que nadaba en un mar de crudo.

«Últimamente me topo con topo tipo de retrasos», pensé fugazmente.

–¡¿Qué coño pasa aquí?!

Un hombre corpulento, asimismo afroamericano, apareció por detrás de mí, sobresaltándome de nuevo. Se secaba las manos con un trapo igual de pringoso que el mono de trabajo que vestía, por el que asomaba el frondoso pelo de su pecho. Calculé que tendría unos cuarenta años.

—¿Pero a usted qué le pasa? —me increpó.

Pasó por mi lado golpeando mi hombro y ayudó a levantarse al caído. Aunque uno fuera de pocas carnes y al otro le sobraran unos cuantos kilos, el parecido físico resultaba evidente, lo que me hizo pensar que tenía delante a los hermanos Sarkis.

—Lo siento. Me ha pillado por sorpresa y…

—¿Elon le da miedo? ¿No ve que no está bien?

—Le repito que lo siento. Se ha abalanzado sobre mí y no he sabido reaccionar.

Pude apreciar la gran altura de Elon, que rebasaba en más de veinte centímetros a su hermano, que de por sí no era bajo; estimé que, como poco, medía dos metros y diez centímetros, una altura digna de un jugador de baloncesto.

—No pasa nada, señor Scott. —No me sorprendió que supiera mi nombre—. Me llamo Demond Sarkis y, como supongo que habrá deducido, este es mi taller. Tengo un ayudante, otro de mis hermanos, pero ha salido a resolver una urgencia. No esperaba verlo por aquí. —Demond sacudió los pantalones de su hermano, que vestía un chándal negro, unas deportivas a juego y una camiseta blanca llena de manchurrones—. Si le soy sincero, no he leído un libro en la vida.

—No a todo el mundo le gusta leer, señor Sarkis.

—No me llame señor, joder: Demond, para todo el mundo.

—Claro.

Demond se dirigió a su hermano, que parecía haber perdido la facultad de hablar.

—Ve adentro, Elon.

Le dio una cariñosa palmadita en el trasero y Elon se perdió más allá de una puerta sobre la que un letrero rezaba OFICINA.

«Me gustaría ver las oficinas que tiene este tugurio…».

—¿Y qué le trae por aquí, señor Scott?

—He pinchado las dos ruedas delanteras.

—¿Las dos?

Los ojos de Demond eran de un marrón tan oscuro que parecían negros y su mirada tan profunda que uno se sentía atravesado por ella.

—Las de delante, sí.

—Déjeme ver esos neumáticos.

Caminó hacia mi Bentley, conmigo siguiendo sus pasos, y se tumbó al lado de su rueda derecha, emitiendo quejidos guturales al doblar la espalda.

—No ha pinchado, señor Scott: le han rajado los neumáticos, supongo que con un machete o una navaja; ¡menudas rajas! Asómese si quiere.

—No es necesario. Pero ¿quién querría joderme la mañana?

—No le dé más vueltas. Hay que cambiarlas y punto —espetó mientras se incorporaba y exhalaba un suspiro de resignación—. En este pueblo hay mucho desgraciado. En fin. El problema es que tendré que ir a por un par de neumáticos a la ciudad y, entre una cosa y otra, se me irán un par de horas. Lo bueno es que no tiene que mover el coche. Veo que hay un gato dentro…

—Mi gata Tinta.

—Es muy bonita.

—Gracias.

—Pues si le parece voy yendo a por los neumáticos. Los quiere del mismo modelo, supongo.

—Sí, gracias.

—Si quiere, puede quedarse en la sala de espera. Está detrás de la oficina. Pero vaya con cuidado, Elon ronda por las inmediaciones…

Quiso bromear, pero ni siquiera me arrancó una sonrisa.

—Aprovecharé para hacer turismo.

—Como usted prefiera.

Demond se subió a una camioneta naranja y se fue a buscar mis neumáticos; al pasar por mi lado me dijo adiós con la mano mientras me dedicaba una siniestra sonrisa que no vino a cuento.

«Qué raritos son en este pueblo».

Tinta dormía plácidamente sobre los asientos traseros, así que decidí matar el tiempo dando un paseo. Según mi agente literario, el pueblo contaba con unos dos mil habitantes, por lo que, en principio, no debía costarme demasiado recorrerlo de cabo a rabo.

Podría decirse que el pueblo, encarado hacia el mar, daba la espalda a un sinfín de bosques. Caminé hacia los árboles que le hacían de telón de fondo. En cuanto el Bentley estuviera listo, me adentraría por uno de los caminos que atravesaban dicha espesura rumbo a la prometida Casa del Lago, que por el momento me estaba costando Dios y ayuda alcanzar. Cambié de acera cada vez que alguien se aproximaba. Vi muchos bancos de madera oscurecida a consecuencia del continuo impacto del sol y la lluvia y otros más modernos que conservaban la pintura original, casas de piedra con macetas ancladas en balcones y ventanas, puertas con aldabas de hierro en forma de mano o cabeza de caballo, zonas ajardinadas que nutrían de retales verdes las de por sí coloridas calles…

Más allá de las casas empezaron las zonas de cultivo y, tras estas, los apretados bosques. Me senté en un banco a ver trabajar a un hombre mayor. Azada en mano, cavaba y removía la tierra aquí y allá, rodeado de tomateras. Me quedé absorto en sus movimientos pausados y el tiempo pasó entre cantos de pájaro y golpes de azada. Por poco me quedo traspuesto sobre aquel banco de madera vieja.

Regresé al taller cuando intuí que Demond debía de estar al caer.

Entré en el coche, desvelando a Tinta. Cerré los ojos y traté de relajarme, pero un golpe seco en la ventanilla me sobresaltó: Elon trataba de decirme algo con su boca torcida. Aquel larguirucho me ponía los pelos de punta.

Bajé la ventanilla; ni loco salía del coche.

—Vá-vá-vááá-yase —me «recomendó» con un profuso tartamudeo; su voz era profunda, como quien habla desde dentro de un pozo–. Ho-ho-hombres ma-malos ve-vendrán. El he-he-hechizo de Levi-viatán. El he-he-hechizo de Levi-viatán…

«¿Pero qué cojones me está contando este ahora?».

Elon salió corriendo al oír el claxon de un coche: su hermano acababa de llegar con mis ruedas.

«¿El hechizo de qué? –pensé con cara de guasa mientras me apeaba–. Me parece a mí que este ha visto muchas pelis de posesiones».

Demond aparcó al otro lado de la calle y descargó de la caja de la camioneta las dos ruedas que necesitaba para largarme de allí. Heaven Lost era un pueblo bonito, de eso no cabía la menor duda, pero sus habitantes me ponían la piel de gallina.

Observé cómo Demond cambiaba los neumáticos; sin duda, era un tipo ducho en su trabajo.

–Pues ya está. Pasemos a mi oficina, si le parece.

–Claro.

Entramos en el taller y cruzamos la puerta que conducía a la oficina, que no era más que un pequeño vestíbulo con un escritorio a un lado y dos archivadores de metal. Agradecí no cruzarnos con Elon. No obstante, me sorprendió ver guirnaldas adornando el vestíbulo, en torno a un gran letrero que colgaba del techo y rezaba: «¡Bienvenido papá!».

«Detrás de "bienvenido" debería haber una coma», pensé.

Me fastidiaban las faltas de ortografía; supongo que eran gajes de mi oficio.

–De las facturas se encarga mi hermano, pero… Un momento. ¿Puede dejarme su carné de conducir?

–Por supuesto.

Lo saqué de la cartera y se lo entregué.

Demond se sentó al escritorio y resopló visiblemente agobiado.

–¿Van a celebrar una fiesta? –pregunté curioso.

–¿Qué?

–Por los banderines y las guirnaldas.

–Ah, sí. Nuestro padre sale mañana de la cárcel después de diez años a la sombra y le hemos preparado un recibimiento a la altura. –Demond levantó la mirada de la factura que estaba rellenando y clavó los ojos, negros como una noche cerrada, en los míos. No pude aguantarle la mirada ni un segundo–. Supongo que se estará preguntando qué fue lo que hizo, ¿cierto?

–Pues...

–Tranquilo, es normal hacerse ese tipo de preguntas. Mi padre le dio una paliza a un blanco al que no le gustan los negros, ya me entiende. Y no hablamos de un par de hostias bien dadas y a dormir, sino que se ensañó con ese cabronazo. Imagínese hasta qué punto que le cayeron diez años por intento de asesinato en segundo grado. A ese puerco no se le ha vuelto a ver el pelo por Heaven Lost. Como entenderá, en esta casa no reprochamos los intentos de asesinato contra nazis de mierda, así que le hemos preparado una fiesta de bienvenida. ¿Qué opina usted de los negros?

Titubeé antes de contestar.

–Opino que ese racista tuvo su merecido.

Demond sonrió de medio lado y volvió a centrar su atención en la factura, que parecía resistírsele.

No era partidario de la violencia bajo ningún concepto, pero aquel hombre me había puesto entre la espada y la pared y yo me había visto forzado a decir en el momento lo que resultaba más conveniente. Su padre era un hombre violento y, como asegura el dicho, «De tal palo tal astilla».

Una vez que estuvo lista la factura, pagué con tarjeta, me despedí con mi mejor sonrisa y abandoné el taller con una extraña sensación de desasosiego.

Tinta entró a regañadientes en el transportín. Había dejado los cuencos vacíos y un tufo a mierda importante. Recogí sus cacas y meados del arenero y, al fin, conduje rumbo a la Casa del Lago.

Recordé las indicaciones de Edmund: «Toma la calle Franklin hasta el final y enseguida verás un camino estrecho. Está asfaltado, pero no le faltan baches. Síguelo unos tres kilómetros, hasta que veas un entrador con el indicador CRISTAL LAKE. Tómalo. Ese camino es de tierra y conduce a mi casa».

4

El escalón

Anfernee Scott

Las ruedas del Bentley giraron sobre un asfalto irregular y, cuanto más me alejaba de Heaven Lost, más relajado me sentía. Los rayos de sol se colaban por entre las ramas que pasaban por encima del techo como manos mortecinas, parecía que trataban de rasgar la carrocería con las uñas; daba la sensación de que cientos de linternas me enfocaban desde las copas de los árboles. Las cunetas se hallaban forradas de hojas y, a pesar de que transitaba a baja velocidad, a través del espejo retrovisor podía contemplar cómo salían despedidas a mi paso, arremolinándose en el aire en una danza sin orden ni concierto.

Aspiré el aroma del bosque y el trayecto se me hizo corto: el indicador Cristal Lake apareció cuando pensaba que aún quedaba lejos.

Todo se volvió más cálido si cabe. La tierra del camino era de un beis claro y los pinos empezaban a predominar sobre cualquier otra especie. El lago apareció sin previo aviso, como si alguien hubiera tendido un manto turquesa sobre el horizonte. Poco después, tras tomar una curva a la izquierda, asomó la casa. Ni en mis sueños más optimistas hubiera imaginado que el lago y la vivienda estarían tan cerca, ni que mi casa prestada sería tan grande y seductora.

Aparqué entre la fachada de tonos marrones y el pequeño muelle, donde un bote permanecía amarrado. El garaje estaba ocupado por una lancha motora y una vieja camioneta picap que Edmund usaba para recorrer los bosques sin miedo a estropear su caro Jaguar XKR cupé.

«Edmund no exageraba», pensé mientras me empapaba de aire puro.

Los pájaros trinaban y las aguas resplandecían, tan transparentes que el bote parecía estar flotando en el aire.

«Esto es una maravilla».

Saqué a Tinta, las bolsas con provisiones y la única maleta que había llevado y lo dejé todo en el porche. Antes de entrar, observé la casa desde una perspectiva más alejada: su fachada rústica de madera de tonos tostados se adaptaba con elegancia al entorno, lo que hacía que pareciera haber nacido con el bosque. La cristalera que recorría la parte baja y los ventanales del primer piso me ofrecerían vistas inmejorables y el porche un poco de sombra en caso de que me apeteciera escribir al aire libre.

Inhalé el olor a pino que lo inundaba todo y por un momento sentí envidia de mi agente literario.

«No es fácil conseguir una casa como esta, en un entorno tan favorable, tan alejada del mundanal ruido».

Antes de decidirme a entrar –costaba abandonar aquella grata sensación de comunidad con la naturaleza– le eché el ojo a un sendero que se iniciaba a pocos metros de uno de los pinos que daba sombra a la casa y se perdía en la inmensidad de los bosques que abrazaban el lago.

«Mañana por la mañana saldré a correr como un cervatillo más».

No recordaba haber tenido nunca tantas ganas de explorar un lugar.

Justo cuando me disponía a abrir la puerta, esta se abrió sola. Fruncí el ceño; no obstante, no me sentí amenazado en ningún momento. Una mujer mayor, acompañada de un hombre con los ojos tan blancos como una ventisca helada, apareció de pronto, trayéndome a la memoria la famosa pintura del granjero sujetando una horquilla al lado de su hija *American Gothic*.

–El señor Scott, supongo –dijo ella secamente mientras él no miraba hacia ninguna parte.

Llevaba el pelo recogido en una cola de caballo y un vestido de cuello alto que no hubiera desentonado en pleno Londres victoriano, bajo el que asomaban unos botines; él, un traje oscuro asimismo pasado de moda y el pelo peinado al estilo cortinilla, en un intento ridículo por disimular su calvicie.

–El mismo.

No me costó adivinar quiénes eran: la pareja de ancianos que cuidaba de la casa de Edmund.

–Soy Marianne Wood y él es mi marido, Samuel Wood. Es ciego.

–Encantado de conocerlo, señor Scott. –La voz del hombre era ronca, como el runrún de un coche viejo.

Ninguno de los dos hizo ademán de estrecharme la mano.

–Lo mismo digo –correspondí cortésmente–. Me alegra haberlos visto antes de que se marcharan.

–Hemos adecentado la casa –explicó Marianne, que seguía bloqueando la entrada– y hemos cambiado las sábanas de todas las camas. La nevera está llena de comida. Espero haber acertado con sus gustos.

–Seguro que sí.

Dio un paso al frente y yo uno a mi derecha, y ambos salieron al porche.

–Si no precisa de nada más…

–Me gustaría agradecérselo con una…

Me abstuve de formular la palabra «propina»: no me pareció adecuado.

Saqué la cartera del bolsillo y agarré un billete de cien dólares, que le ofrecí a Marianne. Esta hizo una mueca despreciativa.

–No es necesario.

Samuel, en cambio, alargó la mano, cogió el billete y se lo guardó en un bolsillo de la americana, como quien no quiere la cosa. Me sorprendió que un invidente fuera tan «avispado». Marianne le echó una mirada desaprobatoria y, tras exhalar refunfuñada un «adiós», abandonó el porche con su marido siguiéndole los pasos.

–¡Cuidado con el escalón! –grité al ver que Samuel se acercaba peligrosamente al primer peldaño.

Ante mi sorpresa, el señor Wood superó el obstáculo con precisión cirujana.

«Si no fuera por esas pupilas blancas, diría que ve mejor que yo».

Marianne me observó desde el otro lado del porche.

–No ve nada, señor Scott, pero siente las cosas.

No pude evitar arrugar la frente. ¿Se podía sentir un escalón?

–¿Han venido a pie? –pregunté al no ver ningún coche aparcado por las inmediaciones.

–No –contestó Samuel con su voz de ultratumba–. Hemos aparcado al lado de la casa.

«¿Aparcado el qué? ¿La máquina del tiempo?», pensé guasón.

Tuve que contenerme para no echarme a reír.

A partir de ahí todo ocurrió muy rápido. Lo cierto es que aquellos dos ancianos lograron hacerme sentir en un hilarante sueño vívido. Se alejaron hacia un lateral de la casa y poco después pasaron por delante de mí montando cada uno una bicicleta. Mi boca permaneció abierta en todo momento.

Sentía que debía de ser una maldita broma.

La voz de Marianne resonó en mi cabeza, como pasos en una cripta: «No ve nada, señor Scott, pero siente las cosas».

–Así que el hombre ciego no se tropieza: siente el escalón antes de pisarlo –recité para mí mismo.

Me frote el mentón.

–*Hum*.

«Con algún retoque podría valer para una novela. Para mi próxima novela».

5

El reloj de cuco

Anfernee Scott

Dejé las bolsas y la maleta sobre el suelo de madera del enorme salón y abrí la puerta del transportín.

–Vamos, preciosa, no te hagas la remolona.

Tinta era una ferviente amante de la monotonía y una firme detractora de los cambios. Digamos que salió como un militar en misión de reconocimiento: agazapada, mirando a un lado y a otro, como si allí dentro acecharan terribles peligros. Como a mí, no le gustaba salir de su rutina, por mucho que su dueño hubiera aceptado un cambio de aires de la noche a la mañana. Acabó encajonada detrás de la cheslón, algo que no me sorprendió en absoluto: le chiflaban los espacios reducidos.

«Solo necesita tiempo para aclimatarse», me dije

El salón tenía al menos ochenta metros cuadrados. Al fondo, a mano izquierda, estaba el sofá donde Tinta se había ocultado del mundo, con una gruesa mesa de centro delante y una chimenea con un ancho conducto de humos al lado, forrado de mampostería de piedra, del que colgaba un televisor de al menos cincuenta pulgadas. Cerca del asiento en forma de ele empezaba una espaciosa cocina de muebles de color roble, con una práctica isla en el centro. A mi izquierda, ante la alargada cristalera que permitía disfrutar de las relajantes vistas del lago, se hallaba una mesa y cuatro sillas y, a mi derecha, la puerta entreabierta de un cuarto de baño con plato de ducha y bañera. No muy lejos se encontraba la puerta que daba al garaje, donde Edmund guarecía de las inclemencias del tiempo su lancha motora y su vieja camioneta picap.

«Aquí voy a escribir de maravilla».

Anduve parsimonioso observándolo todo: los cuadros de paisajes de tonos tostados colgados de las paredes, los marcos de fotos sobre la repisa de la chimenea –donde aparecía Edmund junto a su esposa y sus dos hijos–, los cuencos oscuros con velas en su interior, una cabeza de caballo de madera, recipientes de cristal con flores, lámparas de cerámica de colores grisáceos…

«No sabía que Edmund tuviera tan buen gusto. Aunque supongo que esto es cosa de Margaret».

Tras el paseo de reconocimiento metí la compra en la nevera, que encontré llena hasta los topes de fruta y verduras; por poco no me cabe la que yo llevaba. Después le envié un mensaje a Lorene:

Ya he llegado. Todo muy bonito. Besos.

Al momento el teléfono vibró.

Muy bien, señorito. Pórtese bien. Besos.

«Yo siempre me porto bien», pensé sonriente.

Entre la chimenea y la cocina estaban las escaleras que conducían a la primera planta, donde Edmund me aseguró que encontraría cinco habitaciones y un cuarto de baño: una de matrimonio, una de invitados y dos con adornos infantiles. La quinta la usaba como gimnasio. Subí las escaleras y les eché un vistazo rápido: la amplitud y la decoración eran semejantes a las de abajo.

Desde el pasillo me fijé en la puerta del desván, más oscura y estrecha, donde mi agente literario me había explicado que solo encontraría trastos y polvo. Recordaba sus palabras: «Mejor no subas, no vayas a descalabrarte».

–Tinta. –Llamé a la gata al regresar al salón-comedor–. Vamos, sal, preciosa.

Aparté el sofá y la encontré hecha un ovillo.

–¿Estás bien? –Me miró con sus dos grandes ojos verdes, tensa como las cuerdas de una guitarra–. Como tú veas. Pero luego vienes a verme, ¿eh?, ya está bien la broma.

Volví a colocar el sofá en su sitio y caminé hasta la cocina. Me preparé un café con la máquina último modelo que había.

La casa no tenía rúter, así que compartí los datos ilimitados de mi móvil con el portátil. Bañado por los rayos de sol que atravesaban la cristalera como filos de espadas etéreas, sorbí el café y dejé el ordenador sobre la mesa.

–Vamos allá.

Las vistas eran impresionantes. Abrí un documento en blanco y tecleé como un compositor inspirado golpearía las teclas de un piano, con los ojos cerrados y la concentración al máximo, y me sumergí en una especie de catarsis literaria.

«El hombre ciego no se tropieza: siente el escalón antes de pisarlo».

Escribí sobre mi llegada a Heaven Lost, sobre mi encuentro con Tituba y los hermanos Sarkis, Demond y Elon, sobre los Wood…

Nunca antes había escrito sobre mis propias vivencias.

Escribí más de tres mil palabras y solo me levanté para ir al baño. El ocaso se me echó encima como una red lastrada. Absorto en el trabajo, la transición del día a la noche pasó casi desapercibida. El titilante reflejo del sol en las aguas del lago me recordó al ojo de Sauron sobre el cielo de Mordor. Las brillantes vistas dieron paso a sombras alrededor de aguas rojizas, al canto de los grillos y al ulular de los búhos.

Me sobrevino un intenso escalofrío.

Cerré el portátil y encendí el televisor para romper el siniestro silencio que reinaba en la casa. Tinta seguía reticente a mostrar sus encantos. Le dejé una lata de su comida favorita al lado de la cheslón y, segundos después, sin prisa, pero sin pausa, abandonó su escondrijo. La acaricié mientras se llenaba la panza y vi que durante mi éxtasis literario había hecho sus necesidades en el arenero.

«Bien. Pronto estarás como en casa».

Me preparé dos sándwiches, no me apetecía cocinar. Me notaba las piernas cansadas, había sido un día muy movidito. Subí a la habitación de invitados arrastrando la maleta, con Tinta siguiendo mis pasos.

«Mañana, si eso, ya colocaré la ropa en el armario», pensé.

Me puse el pijama y me tumbé en la cama.

—Vamos, pequeña, sube —la alenté mientras golpeaba suavemente el colchón con la mano.

Tinta solía dormir conmigo, pero parecía evidente que seguía desubicada. No obstante, tras restregarse por cada rincón de la habitación, subió de un salto.

—Muy bien, preciosa.

La acaricié donde sabía que le gustaba. Luego apagué la luz y me dispuse a recobrar fuerzas. A primera hora de la mañana tenía pensado salir a correr por el bosque, luego navegar con el bote por el lago y más tarde escribir un rato: quería aprovechar cada segundo que pasara en aquel bucólico lugar.

No tardé en conciliar el sueño.

«Cucú-cucú, cucú-cucú, cucú-cucú…».

Me desveló un extraño sonido, que parecía brotar del techo.

«Cucú-cucú, cucú-cucú, cucú-cucú…».

«¿Qué cojones es ese ruido?».

Encendí la luz y agucé el oído mientras clavaba la mirada en el techo de la habitación.

«Cucú-cucú, cucú-cucú…».

Tinta entreabrió los ojos y se estiró.

«Cucú-cucú, cucú-cucú, cucú-cucú…».

—Es un reloj de cuco, ¿no, Tinta?

La gata me dio la espalda y volvió a tumbarse al pie de la cama.

Salí al pasillo y me acerqué a la puerta más oscura y estrecha para cerciorarme de que el ruido provenía del desván.

«No voy a poder dormir con ese maldito ruido».

Accedí a la habitación que deduje que sería la más tenebrosa de la casa, pues la de Edmund carecía de sótano. Tinta apareció con sus aires de grandeza y se quedó mirando la oscuridad. Subí las escaleras, tal vez demasiado confiado. Ella no se atrevió a seguir mis pasos. Podía oír claramente el cucú cuando pisé el crujiente suelo del desván, que se mantenía en penumbra gracias a una pequeña ventana fijada en la pared de la izquierda. El techo abuhardillado era más alto de lo esperado. Busqué el interruptor de la luz, pero no di con él; entonces me di cuenta de que ninguna lámpara o bombilla colgaba del techo.

Aquella habitación no era como las demás. Las de abajo no tenían las paredes de madera ni vigas cruzándolas. La luz de la luna entraba por la ventana inclinada y se reflejaba sobre el suelo gris, que crujía bajo mis pies y parecía haber estado almacenando polvo durante décadas. Como me había prevenido Edmund, dentro solo encontré suciedad y trastos, entre los que destacaba el reloj de cuco que me había desvelado en plena noche. Todos los objetos estaban apartados contra las paredes, muchos de ellos cubiertos por sábanas viejas y desteñidas, dejando un estrecho y alargado pasillo por el que dudé avanzar.

Encontré la ventana entreabierta. La abrí y me asomé. El canto de los grillos predominaba sobre cualquier otro sonido, incluso sobre aquel cucú empeñado en poner a prueba mis nervios.

Afuera todo parecía en calma.

Siniestramente en calma.

Me acerqué al reloj y me acuclillé ante él. No era más grande que mi portátil. Las manecillas y el péndulo estaban inmóviles; ningún pajarillo entraba y salía de aquella estructura de madera. Parecía un moribundo exhalando continuos estertores de la muerte. «Cucú-cucú».

«¿Y ahora cómo apago yo este trasto?».

Lo cogí para observar la parte trasera en busca de una manecilla o algo similar –lo cierto era que nunca había manipulado un reloj, del tipo que fuera– y, ante mi sorpresa, encontré debajo al culpable de mi intempestivo despertar: un teléfono móvil.

«Alguien ha programado su alarma para que sonara en el momento indicado», sospeché, sintiendo una creciente congoja.

Miré alrededor en un gesto intuitivo y solo distinguí la misma lobreguez y los mismos trastos. Al lado del teléfono hallé un álbum de fotos. Los dos objetos no armonizaban con el resto: todos lucían una fina capa de polvo, excepto los que tenía entre las manos.

«Tanto el móvil como el álbum están aquí desde hace poco tiempo. Por fuerza han tenido que ser Samuel y Marianne. ¿Quién, si no? La ventana está al menos a ocho metros del suelo. ¿Pretendían gastarme una broma por aquello de que escribo novelas de misterio? La gente de este pueblo es más rara de lo que imaginaba».

El móvil estaba bloqueado, así que lo envolví con unos trapos que encontré desperdigados entre los muebles.

–Mucho mejor.

Conseguí que el cucú se volviera prácticamente imperceptible.

«Tarde o temprano se le agotará la batería».

Abrí el álbum. Sin embargo, este no contenía fotos, sino recortes de periódico.

«¿Son noticias sobre desapariciones? –reflexioné. Aquello empezaba a ponerse turbio–. ¿Pretenden acojonarme? Tal vez debería hablar con el *sheriff*».

Abandoné el desván con el móvil y el álbum debajo del brazo. Al pasar por mi habitación vi a Tinta durmiendo a los pies de la cama. Bajé las escaleras con el recelo de quien acaba de ver una película de terror y guardé el móvil en un cajón de la cocina. De vuelta al cuarto comprobé que la casa se encontraba sumida en el más absoluto silencio.

Con la espalda apoyada en el cabezal y Tinta durmiendo acurrucada a mis pies, abrí por segunda vez el extraño álbum de recortes y lo examiné.

Una noticia por página.

Veinte páginas cubiertas; el resto en blanco.

Los recortes databan del año 1995 hasta el 2001.

«Sin pistas sobre el paradero de la Niña de Concord», rezaba un titular de enero de 1996 que iba seguido de fotografías de un lago que la Policía estaba drenando. «¿Dónde está Debra Green?», rezaba otro, acompañado de instantáneas de la casa de la que la joven había salido a dar una vuelta con sus amigas por última vez. Uno de los titulares más recientes captó mi atención: «Matrimonio de campistas desaparecidos en el bosque nacional Green Mountain». La descripción del suceso incluía una impactante fotografía de una tienda de campaña hecha jirones. Pero no solo informaban de desapariciones: «Cadáver hallado en un contenedor de Rutland».

Los lugares a los que hacían referencia los primeros artículos no se encontraban demasiado lejos de Heaven Lost. El bosque nacional Green Mountain, por ejemplo, se hallaba a poco más de una hora en coche.

«Demasiados crímenes para una zona tan reducida, me parece a mí».

Quien fuera que había dejado el móvil y el álbum, había conseguido angustiarme.

Para colmo, en las últimas páginas descubrí dos noticias que hacían referencia a Heaven Lost: la desaparición de unas gemelas de ocho años en octubre de 1999 y la de un niño de seis en 2001. Unos artículos que me condujeron a una inquietante posibilidad:

«¿Pretenden que investigue esas desapariciones? ¿Creen que mi fama ayudaría a reabrir los casos?». Imaginé que muchos ya estarían cerrados o estancados. Pero yo no estaba ahí para resolver crímenes. A primera hora de la mañana hablaría con el *sheriff* de Heaven Lost y dejaría que él decidiera qué hacer al respecto. «Supongo que podrán sacar algo en claro del teléfono móvil… Que les den a los catetos y a sus bromas de mal gusto».

49

Dejé el álbum sobre la mesita de noche y traté de conciliar el sueño, pero este se me resistió: mi mente se empecinó en mostrarme el lago drenado por la Policía, las casas de los desaparecidos y los rostros de sus apesadumbrados familiares, la tienda de campaña hecha jirones en medio de un bosque…

Llamé a Edmund nada más despertar. El sol del amanecer entraba con fuerza por la ventana y me hizo olvidar el mal rollo que me habían causado los recortes de periódico.

—Buenos días, Anfernee —contestó en tono alegre—. Menos mal que quedamos en que me llamarías nada más llegar…

—Se me fue el santo al cielo. Pinché dos ruedas y tuve que llevar el coche a un taller y… Bueno, eso, que entre una cosa y otra se me hicieron las tantas.

—Más vale tarde que nunca. En fin. ¿Todo bien?

—Mejor que bien. Tienes una casa preciosa, Edmund.

—Gracias. La culpa es de Margaret: ella la encontró y ella la redecoró.

—Eso era evidente.

—Ya. —Rio—. Gracias de nuevo, hombre.

—Oye, tengo una pregunta.

—Dispara.

—En el desván he encontrado un álbum con recortes de periódico sobre noticias de desapariciones sucedidas en pueblos cercanos a Heaven Lost, incluso dos artículos hablan de unas gemelas y un niño que se esfumaron de la noche a la mañana en este mismo pueblo. ¿Tú sabes algo de eso?

—Te dije que no subieras al desván.

—Ya. Pero alguien dejó un móvil con la alarma preparada para que sonara en plena noche y…

—¿Qué?

—Tranquilo, no te preocupes. Supongo que son gajes del oficio. Algún imbécil se enteró de que un escritor famoso había llegado al pueblo y quiso hacer la gracia para luego vacilar a sus amigos en el bar. Nada nuevo. ¿Sabes algo del álbum o no?

—No es nuestro. Cuando compré la casa el desván estaba lleno de trastos. Lo cierto es que solo he subido un par de veces, una para dejar una bicicleta estática y otra para guardar una jaula para hámsteres. Había oído hablar de la desaparición de... Peter Morrison, si no recuerdo mal, y también de las gemelas Portman. Pero nada más.

—¿La ventana estaba cerrada la última vez que subiste?

—¿La del desván?

—Sí. ¿Por? ¿Anoche estaba abierta?

—Entreabierta.

—Bueno, puede que Marianne la dejara así para que se ventilara por si tú subías. No lo sé. Los Wood son buena gente, pero a veces se toman demasiadas licencias. Estoy convencido de que pasan más de un fin de semana en mi casa. —Soltó una corta risotada—. Los recibos de luz y agua no mienten. Pero me hago el sueco, ya sabes... Me mantienen la casa a punto por muy poco. Son mayores... Tal vez deberías hablar con el *sheriff* de lo sucedido, ¿no crees?

—Saldré a correr un rato por el bosque y luego llamaré a su oficina.

—Bien.

—Por cierto, ¿sabes quién vivió aquí antes que vosotros?

—Ni idea. Tratamos con un agente inmobiliario y esos datos suelen ser confidenciales.

—¿Podrías intentar averiguarlo?

—Claro. Pero... ¿por qué? ¿Por el álbum de recortes?

—Por investigar un poco.

—¿Estás escribiendo?

—Sí, pero ya veremos si la historia llega a buen puerto o acaba en la papelera de reciclaje.

—Ah, ¿te refieres al sitio donde ha acabado todo lo que has escrito durante los últimos cinco años?

–Exacto. Ya sabes cómo pienso: o escribo algo que merezca la pena o… a la maldita basura. Oye, hablamos en otro momento. Voy a prepararme un café y a estirar las piernas por el bosque.

–Hasta pronto, Anfernee. Me alegra saber que estás a gusto y que has empezado una novela. Y hazme un favor: mantén los deditos alejados de la tecla suprimir –bromeó.

«Es lo único que te importa, ¿eh?, que escriba», pensé.

Sonreí de medio lado y colgué sin despedirme, sintiéndome, de nuevo, un cajero automático andante.

6

La pirámide

Anfernee Scott

Di el último sorbo mientras Tinta comía pienso.

—Voy a dar una vuelta, preciosa.

Equipado con unos pantalones cortos negros, una camiseta roja y unas zapatillas de correr por las que había pagado más de trescientos dólares, salí y estiré en el porche. Luego caminé hacia la senda mientras me deleitaba con las resplandecientes y calmadas aguas del lago. Me prometí que por la tarde navegaría por ellas.

Me adentré en el camino flanqueado por troncos y arbustos. Corrí bajo ramas grises que, amablemente, apartaron de mis ojos los deslumbrantes rayos del sol, sobre una mullida tierra rojiza barnizada de hojas marrones y amarillas.

Cuando apenas llevaba diez minutos ejercitándome, aprecié algo curioso: un ojo de Horus grabado en el tronco de un árbol. Pocas zancadas después, otro. Los ojos se presentaron aproximadamente cada centenar de metros y daba la sensación de que me vigilaban mientras corría en paralelo al lago.

Me detuve ante un camino que se abría a mi izquierda al distinguir otro ojo de Horus en la corteza de un árbol.

«Es como si quisieran conducirme a alguna parte».

Entonces recordé que el marcador de ganado colgado en el taller de los hermanos Sarkis terminaba en una cruz ansada, también conocida como «llave de la vida».

«¿Y ahora ojos de Horus? —medité ante el camino que se internaba en el bosque—. ¿Por qué jeroglíficos egipcios? No entiendo qué relación puede guardar Heaven Lost o este mismo bosque con el Antiguo Egipto».

Me encogí de hombros y reemprendí la marcha, esta vez por el camino recién descubierto: me pudo la curiosidad.

Seguí los ojos de Horus como un cerdo un rastro de trufa. Superé árboles y ramas hasta que a mi derecha apareció una verja alta. Los barrotes, que acababan en puntas de lanza, parecían no tener fin. Una vegetación densa como una selva africana me impedía ver lo que escondían aquellos hierros afeados por el paso del tiempo. Por un momento creí distinguir una casa a lo lejos, pero no me detuve a comprobarlo: no podía parar cada dos por tres. No obstante, poco después interrumpí la carrera: dos pinos marcados con sendos ojos de Horus aparecieron ante una puerta de hierro forjado, como dos imponentes guardianes. Parecía que los árboles custodiaban la entrada a la mansión que se divisaba a lo lejos. La puerta de la verja estaba oxidada, muchos de los barrotes torcidos y la pintura negra desconchada como una cazuela usada hasta la saciedad.

«Aquí debió de vivir alguien importante».

Me acerqué a los barrotes y miré a través de ellos: aunque apenas podía percibir sus detalles, la mansión, de estilo colonial, tenía toda la pinta de estar abandonada. Los arbustos crecían a los pies de las paredes y las enredaderas forraban las columnas de la entrada, por no hablar de las ventanas destartaladas.

Las hojas de la puerta estaban unidas por una gruesa cadena y un candado que, para mi sorpresa, estaba reluciente. Miré a un lado y a otro en busca de un hueco por el que colarme. Si de algo pecaba Anfernee Scott, era de curiosidad. «Tengo que ver la mansión de cerca. Los ojos de Horus me han conducido hasta aquí, no pienso largarme sin entrar antes». Entonces advertí algo en el candado.

Estaba abierto.

Lo cogí y lo desprendí de las cadenas.

«A ver si lo entiendo: alguien ha puesto estas cadenas hace poco, supuestamente para evitar intrusos, pero ha olvidado cerrar el candado. Menudo despiste».

Sonreí mientras dejaba caer las cadenas al suelo.

Abrí la gran puerta de hierro forjado, que chirrió como un cordero al que estuvieran degollando. Temí que el estruendo advirtiera de mi presencia a un posible morador. Sin embargo, tras aguardar unos segundos, no aprecié movimiento por los alrededores.

«Si me topo con alguien, le diré que estaba husmeado por temas literarios. No creo que nadie se moleste porque ronde una casa abandonada. Le prometo que volveré con un par de libros firmados y arreglado».

Al otro lado de la verja encontré árboles y maleza en torno a un ancho camino de piedra natural que se bifurcaba a pocos metros de la casa; un ramal iba hacia la puerta de entrada y otro hacia la del garaje. Un columpio de madera luchaba contra el tiempo sin demasiado éxito. Todo estaba sumergido en una desoladora dejadez. Me sorprendió encontrar un piano destartalado que parecía estar siendo devorado por una plaga de dientes de león.

Avancé por el camino repleto de malas hierbas –si bien ninguna hierba es mala–, observando la mansión de tres plantas. Presidían la entrada dos imponentes columnas forradas de hiedra, a las que seguían otras más pequeñas que rodeaban la vivienda al tiempo que soportaban el peso del tejado del porche. La fachada estaba pintada de un color blanco ahuesado y el tejado tenía las tejas verdes, lo que hacía que pareciera un dragón con tres cuernos en forma de chimeneas.

Entré en el porche y traté de abrir la monumental puerta de doble hoja, pero se hallaba cerrada a cal y canto. Lo recorrí entero, ya que seguía el perímetro de la vivienda, y lo que encontré detrás de la casa me dejó pasmado: una pirámide tan alta como la mansión, construida con relucientes bloques dorados con jeroglíficos egipcios grabados. Vi mi propio reflejo en aquella impecable estructura levantada tras una casa que se caía a pedazos. Ambas edificaciones contrastaban sobremanera: una era el paradigma de la dejadez y la otra el de la laboriosidad.

«Debería haberme traído el maldito móvil, joder. ¡Seré imbécil!».

Busqué un acceso a su interior, pero solo encontré cuatro paredes adornadas e inclinadas que se unían en una cúspide puntiaguda, lisas como el vidrio. Entonces oí un extraño siseo, como si una puerta deslizable acabara de abrirse. De la pirámide emergió un hombre extremadamente alto y delgado con una réplica de plástico de la máscara funeraria de Tutankamón ocultándole el rostro y un hierro largo y estrecho bien sujeto en una mano.

Retrocedí de la impresión.

Trastabillé con una piedra y me caí de culo.

Elon me miró a través de los agujeros de su máscara mortuoria mientras yo me distanciaba de él como un gusano asustado.

Su errática forma de moverse y sus hechuras frágiles pero amenazantes me hicieron comprender que tenía delante al tipo con problemas mentales que me había sobresaltado el día anterior en el taller de su hermano Demond. Mis dudas sobre la identidad del enmascarado se esfumaron del todo cuando me fijé en el marcador de ganado que sujetaba en alto.

«Es el mismo que vi en el taller».

Elon gritó enfurecido; un alarido más acorde con el rugido de un león que con el grito de un ser humano. Alzó el marcador terminado en una cruz ansada y lo blandió contra mí. Conseguí levantarme antes de que me lo estampara en la cabeza. No intenté apaciguarlo. Aquel loco desgarbado no parecía dispuesto a razonar. Deduje, por tanto, que mi única opción era ser más rápido que él; dado su tamaño y deficiencias físicas, no debía suponerme gran esfuerzo.

Corrí incentivado por una muerte segura.

Eché la vista atrás para advertir con espanto que aquel desgarbado amasijo de huesos no era tan lento como cabría esperar. Le sacaba terreno, pero no lo suficiente: alguien había cerrado la puerta de la verja y había vuelto a pasar la cadena por el candado.

«Mierda».

Apreté los dientes y aceleré cuanto pude.

Salté a un metro de la puerta, me estampé contra ella y me agarré a sus barrotes como un náufrago a un salvavidas. Escalé sin mirar atrás ayudándome de manos y pies, mientras oía los gritos de Elon cada vez más próximos. Me así a una punta de lanza y me sentí a salvo: tan arriba no podría alcanzarme. Sin embargo, no contaba con la extrema altura de mi perseguidor.

Noté presión en el pie derecho: me tiraba de los tobillos tratando de desprenderme.

–¡*Grrrr*…! –gruñía.

Me aferré con ambas manos a los puntiagudos barrotes y logré darle una patada a su máscara funeraria. Cayó de espaldas justo cuando pretendía volver a atizarme con el marcador. Aproveché para pasar por encima de la verja; las puntas de lanza me rozaron el abdomen y las piernas como una soga el cuello de un condenado.

Bajé de un salto y corrí rumbo a la casa de Edmund mientras oía a lo lejos los lamentos del loco que había pretendido matarme.

Mis pulsaciones rozaban lo insano. Miraba hacia atrás cada pocos metros. Los gritos dejaron de oírse, pero no me detuve hasta tener la Casa del Lago a la vista.

«Tengo que llamar al *sheriff*, ¡ya!».

Antes de entrar eché un vistazo a los alrededores: nadie a la vista.

Después fui directo a la cocina, donde creía haber dejado el móvil, pero no lo encontré. «Estoy seguro de que lo dejé sobre la isla, pero…». Tinta me observaba con sus habituales gestos curiosos. Miré por encima de la barra americana: sobre la mesa del salón estaba el portátil esperando a que me sentara a escribir, pero no había nada más.

Subí las escaleras apresurado, pero en la habitación solo estaba la maleta y el álbum de recortes. El simple hecho de recordar las noticias de las desapariciones y los asesinatos me provocó un escalofrío. «¿Dónde habré metido el maldito móvil?».

Entonces sonó el timbre de la puerta.

El corazón me dio un vuelco. Bajé las escaleras y un toc, toc me puso el corazón en un puño: alguien golpeaba la puerta con los nudillos y temía saber quién.

Cogí el cuchillo más grande de la cocina y me acerqué con sigilo.

–¿Quién es?

–El *sheriff* Olsen, de Heaven Lost.

«Joder. –Resoplé aliviado–. Qué oportuno».

–¡Un momento!

Dejé el cuchillo sobre la mesa, al lado del portátil.

Abrí y me encontré con dos afroamericanos uniformados, con la cabeza rasurada, espaldas y bíceps anchos y dos pares de gafas de sol tipo aviador. Al *sheriff* le calculé unos cincuenta años; a su ayudante –que presentí que podría ser su hijo–, veintimuchos, tal vez treinta.

–Buenos días, señor Scott.

–Buenos días, agentes. Precisamente estaba tratando de llamar a su oficina, pero no sé dónde diablos he metido el móvil. Es como si se lo hubiera tragado la tierra, en serio.

–Son cosas que pasan. –El *sheriff* me sonrió–. Este es mi ayudante, Kevin Walker.

–Un placer. –Nos estrechamos las manos–. Pasen. –Hice un ademán con la mano y ellos entraron al tiempo que se quitaban las gafas y se las guardaban en un bolsillo de su uniforme beis–. ¿Quieren tomar un café, un refresco, tal vez?

–No, gracias, estamos bien –contestó el *sheriff*. No obstante, por la cara que tenía Walker, el ayudante habría aceptado con gusto la bebida–. ¿Y dice que trataba de contactar con nosotros?

Me senté a la mesa, delante del portátil plegado.

–Tomen asiento, por favor.

Se acomodaron al otro lado de la mesa, de espaldas a las espectaculares vistas.

–Cuando he oído su nombre –dije con una sonrisa tensa–, he

pensado, estúpidamente, que estaba aquí por lo que me ha ocurrido en el bosque. Pero, claro, usted no puede saberlo.

–¿A qué se refiere? –dijo con el ceño fruncido–. Nos hemos pasado a darle la bienvenida y a preguntarle si necesita algo y, no le mentiré, también he traído su última novela, por si es usted tan amable de firmármela.

–Faltaría más, *sheriff.*

–Yo no leo, así que… –murmuró Walker.

–Y se nota –espetó su superior–. Vaya si se nota, joder. Cuénteme, señor Scott, ¿qué le ha sucedido en el bosque?

Le describí lo que había acontecido desde que oí el cucú del reloj hasta que ellos habían llamado a mi puerta, sin guardarme ni un solo detalle. Ellos me observaron con gestos sorprendidos, por momentos con la boca abierta. Sin embargo, no me interrumpieron en ningún momento.

Tras mi larga alocución, el *sheriff* se frotó el mentón y habló, reflexivo:

–¿Puedo serle franco?

–Por supuesto.

–No cuadran demasiadas cosas. Usted acusa a Elon Sarkis basándose en su tamaño y en el marcador de ganado que casi le estampa en la cabeza, pero nosotros nos hemos cruzado con él cuando salíamos del pueblo, por lo que es imposible que intentara matarlo hace un rato. Otra cosa que no me…

–Venga, hombre –lo interrumpí–, ¿cree que hay muchos aparatos de esos que marquen con una cruz ansada? ¡Probablemente sea el único en todo el mundo!

–Baje el tono, señor Scott. –El *sheriff* me lanzó una mirada amenazante–. Entiendo su frustración y estoy aquí para ayudarlo en lo posible. Deje que me explique y luego podrá quejarse todo lo que quiera. Yo no lo he interrumpido cuando usted nos ha contado lo que supuestamente le ha pasado en la parcela de los Waitman.

–¿Entonces sabe de quién es la mansión?

Enseguida me di cuenta de lo estúpido de mi pregunta.

–Nací en Heaven Lost; lo extraño sería que no lo supiera, ¿no cree? No obstante, los Waitman llevan años sin aparecer por el pueblo.

–Pues el candado y la cadena eran nuevos.

–Exacto. Una verja, una cadena y un candado, aunque no esté cerrado, significa que los propietarios no quieren que nadie entre en su propiedad. No sé cómo lo harán en la ciudad, pero aquí funcionamos así. –Su sarcasmo resultaba de lo más desconcertante–. Ha allanado una propiedad privada sin sopesar las consecuencias. No lo digo yo, lo dice usted. Si estoy en mi parcela vallada, haciendo, por ejemplo, una fiesta a lo *Eyes Wide Shut*, con una máscara de Tutankamón, dentro de una pirámide que me he construido porque me chifla el Antiguo Egipto, y llega un desconocido y me corta el rollo, pues, oiga, señor Scott, le arreo con lo que tenga a mano. Por estúpido. –«¿Acaba de insultarme a la cara?»–. ¿Usted no lo haría?

–Por supuesto que no. Preguntaría «¿Qué hace usted en mi propiedad?» antes de empezar a repartir hostias. Eso sería lo correcto, ¿no cree? Lo demás es violencia gratuita. –Suspiré resignado–. En fin… Entonces, ¿no le parece raro lo de la pirámide, la máscara, el marcador, la alarma y los recortes de periódico? ¿Es el pan vuestro de cada día o qué?

–Lo que haga la gente en su tiempo libre, siempre y cuando sea legal, me importa un carajo.

–Esto es increíble. –No podía creer la pasividad del *sheriff* de Heaven Lost–. ¿Intentar matar a alguien no es un delito? ¿Allanar una casa y dejar en su desván un álbum con recortes sobre crímenes tampoco?

–Usted mismo ha allanado hoy una propiedad. Insisto: no tiene una sola prueba contra nadie. Cree que el álbum lo dejaron Marianne y Samuel Wood y que el de la máscara era Elon Sarkis. ¡Cree! ¡Pero no tiene nada que sustente sus acusaciones! ¿Qué pretende que haga, que señale con el dedo como hace usted? Eso no está bien, señor Scott.

—¿Allanar? Pero si acaba de decir que los propietarios, los...

—Waitman.

—Eso. Llevan años sin aparecer por Heaven Lost. El de la máscara no era ningún Waitman. ¡Es evidente!

—O sí. Habrán vuelto. Si construyeron la mansión en un bosque es precisamente para pasar inadvertidos.

—Entonces, ¿no piensa mover un dedo?

—Yo no he dicho eso. Hablaré con los Sarkis, aunque dudo que me tomen en serio. Me pasaré por la mansión de los Waitman para ver esa pirámide de la que usted habla y trataré de ponerme en contacto con los propietarios o, más bien, con sus hijos. Elisa y Robert Waitman deben rondar los noventa años. A ver si consigo averiguar quién era el tipo de la máscara... La cuestión es que no hay testigos de la agresión y, sin testigos, es su palabra contra la de las personas a las que acusa tan alegremente. —«¿Alegremente? ¿En Heaven Lost no vive nadie normal?», pensé desconcertado—. Ni siquiera le vio la cara a su supuesto agresor. —«¿Supuesto?»—. No acusaré a nadie sin pruebas, ¿entiende? Los Sarkis no son buenos vecinos. Eso lo sabemos todos. No han tenido suerte en la vida y comprendo que eso pasa factura. ¿Puede mostrarme el teléfono y el álbum de recortes? Tendré que llevármelos a la oficina para investigarlos, como entenderá.

—Claro.

Decepcionado, fui a mi habitación a por el álbum de recortes. Luego volví al salón con aire desganado y saqué el teléfono del cajón de la cocina.

—Aquí tiene.

Los dejé sobre la mesa, ante el *sheriff*.

Cogió el aparato y lo observó con el ceño arrugado; su ayudante hizo lo mismo desde su asiento.

—Se le ha agotado la batería —informé.

–Ya.

Ojeó el álbum de recortes, asimismo ceñudo.

–No se ofenda, pero no creo que deba darle más importancia de la que tiene. Le han gastado una broma pesada. Seguro. Eso es todo.

–De acuerdo. Si no les importa, he de volver a trabajar.

El *sheriff* sonrió de medio lado, se levantó y estiró el brazo por encima de la mesa. Le estreché la mano tanto a él como a su ayudante sin dignarme a levantar de la silla.

Me dio su tarjeta.

–No me llame a la oficina. No suelo estar por allí; soy hombre de calle, ya me entiende –dijo, antes de salir por la puerta.

Al final, no le firmé ningún libro.

Mi móvil no apareció hasta bien entrada la noche, dentro de la maleta, sospechosamente oculto entre la ropa. Fui incapaz, por mucho que lo intentara, de entender cómo había llegado hasta allí. No obstante, no debía sorprenderme: Anfernee Scott era famoso por su escritura, pero también por ser un despistado sin remedio.

Pasé los siguientes dos días escribiendo, tanto dentro de la casa como en el porche, viendo la televisión a ratos, preparándome elaborados platos para comer y cenar, escuchando música clásica, entrando en las redes sociales a buscar críticas y reseñas sobre mis novelas… Llamé a Lorene antes de acostarme, para soltarle, como cada noche, un escueto «todo va bien por aquí» y ella devolverme un «pues lo mismo te digo»; digamos que a mi empleada doméstica no le gustaba mucho hablar por teléfono. Tinta parecía pasárselo en grande explorando la casa, subiendo y bajando las escaleras, trepando a mesas y sillas y durmiendo sobre la cheslón.

Y la inspiración fluía.

Escribí sobre mi desventurada salida al bosque, la pirámide y mi encontronazo con el enmascarado, sobre el *sheriff* y su ayudante. Parecía evidente que mi futura novela podría etiquetarse de «Basada en hechos reales», algo que, seguramente, llamaría la atención de mis lectores.

Tras dejar atrás el miedo pasado en la mansión de los Waitman, sobre quienes no encontré un solo dato por internet, como si nunca hubieran existido, volví a sentirme a gusto en la Casa del Lago.

Escribí más de diez mil palabras durante los tres primeros días que pasé en aquel bucólico entorno, mucho más de lo que había escrito en los últimos cinco años. No tuve noticias del *sheriff*. Tampoco sufrí ningún nuevo altercado, aunque debo admitir que no me atreví a pisar el bosque; cuando echaba la vista al sendero se me encogía el alma.

Hasta que, a través de la cristalera del salón, vi un cuerpo flotando en el lago.

7

La Bibliotecaria

Anfernee Scott

Salí por la puerta como una bala del cañón de un revólver.
Corrí hacia la silueta de la mujer que flotaba bocabajo e inmóvil. Pisé el muelle dispuesto a lanzarme al agua vestido, sin pensar en otra cosa que salvarla. Pero la mujer dio un respingo y me detuve jadeante sobre el último tablón del muelle.

–¡Joder, qué susto me has dado! –espetó mientras se erguía.

–¿Yo a usted o usted a mí? ¡Pensaba que se había ahogado, por Dios!

–¡¿Y por qué leches has pensado eso?! –Se puso a nadar hacia mí y entonces reparé en que había dejado ropa en una esquina del muelle, junto a una toalla: unos tejanos, unas zapatillas y una camiseta negra. Pero ni rastro de bragas ni sostén. «¿Va en ropa interior?», asumí–. Y no me trates de usted, que me haces sentir mayor. Y no lo soy.

«Eso es evidente».

La mujer, de unos treinta años, se apoyó en el tablón que soportaba mi peso y miró hacia arriba, hacia mis ojos. A través de las translúcidas aguas del lago pude entrever su figura y asimismo comprobar que únicamente la tapaban unas braguitas y un sostén de encaje. «¿No tienes bañador, bonita, o es que pasabas por aquí y te han entrado ganas de darte un baño?», me dieron ganas de preguntarle.

Subió por la pequeña escalera enganchada al final del muelle. Su pelo, negro como un pozo sin fondo, se pegaba a su piel libre de imperfecciones. Nariz de tabique fino, labios carnosos, ojos verdes… Sus pechos eran de un tamaño perfecto, sus muslos parecían haber sido moldeados por el mismísimo Miguel Ángel y su vientre competía en rectitud con la línea que dividía el cielo y la tierra.

Me di la vuelta cuando la tuve delante.

–Ni que fuera la primera vez que ves a una mujer en ropa interior. Es lo mismo que un bikini, hombre, no me seas remilgado. Además, ni siquiera tiene transparencias. –Dada su falta de pudor, me volví y la observé mientras se secaba–. Todos los sábados me doy un baño –explicó mientras se retorcía el pelo para quitarse el agua–. Es algo así como una tradición. Pero hoy me he dejado el bañador en casa, despistada de mí, y no me apetecía volver a Heaven Lost. Lo cierto es que hasta hoy nunca me había topado con nadie por aquí en temporada baja. Durante los meses de más turistas nado en otra parte, porque además sé que tu agente literario suele venir a pasar unos días con su familia en esa preciosa casa.

Señaló a mi espalda con el mentón.

–Entonces, ¿sabes quién soy?

–Pues claro. En Heaven Lost me conocen como la Bibliotecaria. Creo que muchos no saben ni cómo me llamo, pero tu nombre lo saben hasta las piedras. He leído todos tus libros, por cierto.

–¿Por qué «la Bibliotecaria»?

–Porque soy la única bibliotecaria del pueblo. ¿Por qué iba a ser?

–Ya. –Me sentí un tanto estúpido–. ¿Y qué te parecieron mis novelas?

–Más que buenas.

–Gracias –dije justo antes de sonreír.

–De nada. Ahora voy a cambiarme de ropa interior. Si eres tan amable…

Dibujó un círculo en el aire con el índice, rogándome que me diera la vuelta.

–Claro.

Tras aguardar un breve instante, volví a escuchar su agradable voz:

–Ya puedes darte la vuelta.

Volví a mirarla de frente: los tejanos le quedaban como un guante. Su vestimenta, sumamente juvenil –zapatillas rosa palo y una camiseta negra con un dibujo de Daisy y el pato Donald dándose un beso–, y su desparpajo me hicieron deducir que aquella desconocida a la que pretendía conocer a fondo se tomaba la vida con filosofía.

Su pelo seguía mojado, pero el tiempo acompañaba.

–Por cierto, me llamo Anne Davis.

–¿Tienes pareja?

–Vaya. –Sonrió–. Vas al grano, ¿eh, escritor? Pues ten cuidado, que podrías estar delante de una cazafortunas.

–No creo. ¿Y…? ¿Tienes marido? ¿Tal vez novio?

–Ni lo uno ni lo otro.

«Pues por pretendientes no será».

–Excelente.

Exhaló un largo suspiro que no supe interpretar.

–Mi última relación no acabó demasiado bien, así que me estoy dando un tiempo.

–Te invito a cenar esta noche –propuse sin preámbulos–. En mi casa. Bueno, en la de mi agente. Prepararé mi famoso pollo al horno con verduras asadas. Necesito hablar con alguien que conozca la historia de Heaven Lost y tú eres Anne, la Bibliotecaria, así que sabrás leyendas y curiosidades del lugar. Te pagaré, por supuesto.

–Te veo decidido y… ¿tal vez un poco desesperado?

Se agachó y recogió la toalla y la ropa interior mojada. Parecía evidente que Anne no tenía pelos en la lengua.

–No estoy desesperado. –Volvió a sonreírme mientras yo hacía un ademán con la mano, indicándole mis deseos de abandonar el muelle–. No conozco a nadie de por aquí y necesito información sobre Heaven Lost. Datos que no pueda conseguir en internet, ya me entiendes. He viajado hasta aquí en busca de inspiración y ahora que la he encontrado no quiero que se desvanezca. ¿Hay trato? ¿Mil dólares a cambio de tus servicios y, de paso, una cena gratis? Es un buen negocio, ¿no crees? Y un café ahora mismo si quieres.

Llevaba mucho sin sentir una atracción como aquella y, cuando Anfernee Scott quería algo, hacía lo imposible para conseguirlo y no escatimaba en esfuerzos. Ni en gastos.

–Espérame aquí –rogó ya cerca del porche–. Voy a dejar la ropa en el coche y vuelvo para que me invites a ese café. Lo tengo aparcado ahí mismo, en un apartadero. –Miré a donde señalaba y vi el morro blanco de una furgoneta–. Cojo el bolso y ultimamos los detalles del trato.

–Bien. Aquí te espero.

Me guiñó uno de sus bonitos ojos verdes, me dio la espalda y se dirigió hacia su coche. Nunca había contemplado un contoneo de caderas tan elegante.

8

La mujer del bote

Anfernee Scott

Preparé dos cafés mientras Anne trataba de hacerse amiga de Tinta. Mi gata –y supongo que la de muchos– no era de lanzarse a los pies del primero que pasa. Tenías que ganarte su afecto. ¿Cómo? Era todo un misterio. Por lo general, era cuestión de tiempo. No obstante, con algunas personas se mostraba más reticente que con otras. ¿Por qué? Un enigma más. De ahí que me sorprendiera verla sobre el regazo de Anne cuando me acercaba a la cheslón con una taza de café en cada mano.

–Vaya. Tinta no suele acercarse tanto la primera vez.

–Es que soy muy felina –bromeó mi invitada–. Si te fijas bien, verás que hasta tenemos el mismo color de ojos. ¿Cómo no vamos a llevarnos bien?

–Verde esmeralda. Preciosos.

Dejé las tazas sobre la mesa de centro y me senté a medio metro de Anne: no quería intimidarla.

Cogió su taza y dio un pequeño sorbo.

–Mmmm… Delicioso –dijo tras saborear el café.

–Es de la tienda de Tituba. ¿La conoces?

–En el pueblo nos conocemos todos.

–Hablando del pueblo y sus peculiaridades y, por favor, no me malinterpretes… En Heaven Lost la gente es un poquito…

Hice una mueca. No supe cómo terminar la frase.

–¿Peculiar?

–Iba a decir «rara», pero me vale «peculiar».

Ambos sonreímos.

–Y eso que no sabes de la misa la mitad –dijo Anne misteriosa.

–Por eso necesito a la bibliotecaria del pueblo, para que me ponga al tanto de esas rarezas. Por ejemplo, ¿por qué hay tantos afroamericanos? No es algo que pase desapercibido.

–Ese es uno de sus mejores misterios, sí.

Sonó la música de la película *El padrino*; enseguida entendí que estaban llamándola al móvil. Lo sacó de su bolso –espantando a Tinta– y atendió la llamada.

–Hola, Wendy. –Hubo un largo silencio, durante el que oí la voz de su interlocutora sin entender una sola palabra–. ¡Cómo iba a olvidarme de ti! Vale. En veinte minutos estoy en Little's.

Colgó.

–Esta mujer… –Negó sonriente con la cabeza–. En fin. Lo siento, me tengo que ir. Pero me debes una cena, ¿eh? –Me encantó advertir su predisposición a pasar tiempo conmigo–. Pero también dos mil dólares. –Su predisposición a desplumarme no tanto–. ¿Qué son dos mil dólares para el Rey del Misterio? Calderilla. Cena mañana e información sobre el pueblo durante tres días. El lunes y el martes volveré y te acompañaré a un par de sitios chulos. Te haré de cicerone. Te aseguro que tendrás material de sobra para acabar tu novela. ¿Trato hecho?

–Claro.

Nos dimos un fuerte apretón de manos y hablé no menos resuelto:

–Cuando te cuente lo que me ha pasado durante los tres días que llevo viviendo en esta casa… Te juro que vas a alucinar.

–Estoy deseando saberlo. Pero ahora tengo que irme a toda prisa. Ah, y quiero salir en los agradecimientos de la novela. Y que me envíes un ejemplar firmado y dedicado cuando salga a la venta.

–Eso está hecho. Incluso, si te portas bien, puede que te invite a la presentación, con todos los gastos pagados.

Le guiñé un ojo.

–No me gusta portarme bien, pero lo intentaré.

Se puso de pie y cogió el bolso.

–Hasta mañana, escritor y gatita –se despidió.

Cerró la puerta, dejándome con una extraña sensación: ansioso por volver a verla, feliz porque la espera sería corta.

Me senté a la mesa del salón y escribí sobre mi extraño encuentro con Anne.

Cuatro horas más tarde

Cerré el portátil y miré por la cristalera.

Estaba de un humor excelente. «Un viajecito en bote no estaría mal», me dije.

Me levanté decidido.

–Hasta luego, Tinta.

La gata se me acercó y me restregó el lomo por las piernas. Siempre que pronunciaba su nombre se relamía, pensando que iba a darle de comer algo rico; o ese presentimiento tenía yo.

Anduve hacia el muelle. El sol brillaba con fuerza, provocando que las aguas lanzaran molestos destellos. Los pájaros cantaban.

«¿Hay algo dentro del bote?», me pregunté al verlo. Presentí que podrían ser los remos, tal vez protegidos por algún tipo de lona.

Pisé el muelle, pendiente de que nadie se me acercara. La pirámide, la máscara funeraria y el larguirucho desgarbado seguían frescos en mi memoria.

Avancé sobre las tablas y me asomé al bote.

Lo que hallé me impactó más que la aparición del Loco del Marcador. Me caí de culo de la impresión. Luego retrocedí sobre los tablones como una serpiente asustada, hasta que el miedo me permitió levantarme y correr hacia la casa.

Cogí la tarjeta que me había facilitado el *sheriff* Olsen y traté de marcar su número en el móvil, pero mis trémulos dedos no atinaban a pulsar las teclas correctas.

«Tranquilízate, Anfernee».

Tomé aire por la nariz y lo expulsé largamente por la boca, tratando de recobrar la calma.

El tercer intento fue el definitivo.

–*Sheriff* Olsen. Dígame.

–Soy Anfernee Scott.

–Ah, señor Scott. ¿Qué ocurre?

–Han matado a una mujer.

9

El cuerpo

Anfernee Scott

Esperé, como me indicó, dentro de la casa. «Estaré con usted en diez minutos», prometió antes de colgar. Y diez minutos –segundo arriba, segundo abajo– fue lo que tuve que aguardar en la cocina mirando el reloj que colgaba de una de sus paredes. «Tictac, tictac…». El timbre de la puerta me arrancó de la abstracción a la que me habían sometido sus manillas.

«¿Quién será la mujer del bote? –pensé mientras me aproximaba a la puerta–. No puedo seguir en esta casa. Es una locura. Esa mujer es la gota que colma el vaso. Pero ¿y la inspiración? ¿Se largará si me marcho? ¿Y Anne? No es fácil encontrar una mujer como ella».

–Muéstreme ese cadáver –rogó Olsen en cuanto me tuvo enfrente.

Venía con su ayudante, Kevin Walker. Se los notaba inquietos, y no era de extrañar.

–¿Está dentro del bote?

Señaló el muelle con el mentón y caminó hacia él justo después de que yo asintiera con la cabeza. Los seguí a una distancia prudencial, como si un cadáver pudiera hacernos daño. El *sheriff* se asomó al bote y miró a su ayudante con el ceño fruncido.

–Acercaos, que no muerde –dijo Olsen mientras nos hacía gestos con la mano para que nos acercáramos–. Y, tranquilos, que a esta mujer no la ha matado nadie.

Luego miró Walker al interior de la pequeña embarcación.

–Dios santo. Pero si es…

–Sí –asintió el *sheriff* sin desviar la mirada de la mujer arrojada

73

sobre los remos; yo, para mi consuelo, aún no podía verla–. ¿A quién puede parecerle esto gracioso?

–A mí no –contestó Walker, pese a que su jefe no esperaba una respuesta.

–¿Quieren decirme qué está pasando aquí? –les pedí confundido.

–Acérquese. No tenga miedo, señor Scott. A esta mujer no la ha matado nadie; murió a causa de un accidente de tráfico hace cinco días. Yo mismo asistí a su entierro.

–¿Qué?

Me acerqué al boté y observé a la mujer rubia de piel grisácea y sucia, cubierta únicamente por su ropa interior hechas jirones. En su pelo se enredaban pequeñas ramas y algunas hojas secas, como si la hubieran arrastrado por el bosque antes de arrojarla al bote para que yo la encontrara. En los brazos y las piernas no cabía un corte profundo más.

Sin embargo, lo que de verdad me impactó fueron las letras repartidas por su vientre y sus pechos, supuse que escritas con un cuchillo o con un cúter: «¿Estimula esto su creación, escritor?».

«Los Sarkis no han podido ser –pensé insólitamente guasón–: ellos no hubieran puesto la coma delante del vocativo».

–Es evidente que algún malnacido la ha desenterrado y luego la ha dejado aquí –razonó el *sheriff*–. Es Patricia Colman, de cuarenta y cuatro años; murió tras dormirse al volante y chocar contra un pino. Una desgracia. Conozco bien a sus padres. –Olsen resopló, visiblemente afectado–. En fin… ¿Sabéis qué os digo? Creo que lo mejor será que este desagradable asunto no salga de aquí. Hablaré con el sepulturero y que la vuelva a enterrar. Y…

–¿No va a buscar al culpable? –pregunté, aun sabiendo que tal vez debía esperar a que el *sheriff* terminara de hablar.

–¡Por supuesto! ¡¿Con quién diablos cree que está hablando, señor Scott?! –Me obsequió con una mirada cargada de desprecio–. Digo que no creo que sea necesario angustiar a su familia más de lo que ya lo están. La meteremos en una bolsa para cadáveres y la llevaremos para que la inspeccione el forense y... Joder, esto es grave. Estamos hablando de la profanación de un cuerpo. ¡Claro que vamos a investigarlo! ¡¿Qué clase de *sheriff* sería yo si mirase para otro lado?!

Me contuve de dar mi opinión.

—Es evidente que han tratado de intimidarle, señor Scott —dijo Walker—, que es solo, abro comillas, una broma, cierro comillas; pero el delito está ahí.

—Los habitantes de Heaven Lost tenéis un sentido del humor bastante atrofiado, permítanme que se lo diga.

—Tiene usted la molesta manía de acusar sin pruebas —aseguró el *sheriff*, claramente enojado.

Parecía evidente que no le caía bien; un sentimiento recíproco, no obstante.

—Hombre, pues...

—Ni hombre ni mujer. —El tono de Olsen empezaba a incomodarme—. Puede haber sido cualquiera. Por aquí hay muchos pueblos y...

—No les mentiré —dije, tratando de cambiar ligeramente de tema—, me tranquiliza que la mujer no haya sido asesinada, pero... No creo que alargue mi estancia aquí. Desde mi llegada no han hecho más que sucederme cosas desagradables y...

—Necesito que se quede al menos un par de días más mientras trato de resolver este embrollo. No se ofenda, señor Scott, pero ahora mismo es usted sospechoso de profanar un cadáver.

—¡¿Qué!? ¡¿Yo?! ¡¿Y con qué finalidad, si puede saberse?! —Anfernee Scott tenía un límite y el *sheriff* Olsen parecía empecinado en que lo alcanzara—. ¿Saben qué? Váyanse a tomar por culo. Si quieren algo, ya saben dónde encontrarme.

Les di la espalda y caminé hacia la casa.

—¡Eh!

El *sheriff* trató de llamar mi atención, pero yo ya había entrado en barrena.

–¡Me iré cuando me dé la gana! –grité fuera de mí.

–Usted mismo. –Fueron las últimas palabras que pronunció el *sheriff*.

Me senté en el balancín del porche y los observé proceder.

«Mañana vendrá Anne –me dije, tratando de insuflarme ánimos–. Con lo que me cuente ella sobre Heaven Lost y lo que ya tengo, me basta para escribir algo decente. Tal vez extraordinario. Si quiere enseñarme algún sitio "chulo", como prometió, adelante, pero el tiempo restante lo pasaré metido en casa».

Olsen sacó una bolsa para cadáveres del maletero de su todoterreno, rotulado con el emblema de la Oficina del *Sheriff* del Condado e introdujo dentro con cuidado a la pobre Patricia Colman, la mujer dañada *post mortem*.

Se marcharon sin despedirse.

Ni falta que hacía.

Entré en casa y me senté ante el portátil.

Antes de plasmar lo ocurrido aquella tarde a la que aún le quedaban bastantes horas de luz, recé por no volver a ver al *sheriff* ni a su ayudante en lo que me quedaba de vida.

10

La cicatriz

Anfernee Scott

Cerré el ordenador y me abstraje en las aguas del lago. Un bote, que las surcaba a lo lejos, desvió mi atención de sus hipnóticos reflejos. Su ocupante movía los remos con decisión, rumbo al muelle donde poco antes había encontrado un cadáver.

«¿Estimula esto su creación, escritor?».

–Pues lo cierto es que sí, cabronazos –dije en susurros, con la vista puesta en la pequeña embarcación.

Las facciones del hombre que remaba con una cadencia envidiable se hicieron cada vez más visibles: afroamericano, sesenta años, de gran tamaño y gesto adusto, pelo canoso y barba asimismo tiznada por pelos blancos… Vestía un mono verde oliva y por debajo una camisa blanca que se había arremangado hasta los codos.

«Por Dios, que no venga a hacerme una visita; hoy ya he socializado más que de sobra», rogué en silencio.

Atracó en el muelle y anduvo hacia el porche con unas botas de plástico que le llegaban a las rodillas. Me vio a través de la cristalera y me saludó con la mano. Moví la cabeza a modo de respuesta.

«¿Y ahora qué coño querrá este?».

No tardé en oír el timbre de la puerta. Cuando abrí, la visión de aquel rostro atravesado por una cicatriz heló mi sangre.

–¿Qué desea, señor? Me pilla ocupado y…

–Soy el padre de Elon y Demond Sarkis –me interrumpió. «El recién salido de la cárcel», recordé con un nudo en la garganta–. A mi otro hijo, Zac, no lo conoce, que yo sepa. Me llamo Adhir y es un placer conocerle, señor Scott.

–Lo mismo digo. –Nos dimos un fuerte apretón de manos. Por

su parte, preocupantemente fuerte–. ¿Y qué le trae por aquí? ¿Quiere que le firme un libro o…?

Tenía claro qué cuestión le había empujado a visitarme.

–Me gustaría conversar con usted sobre mi hijo Elon. El *sheriff* Olsen ha estado en mi casa para hacernos unas preguntas y querría aclararle un par de cosas. Nada preocupante; para dejarlo tranquilo, más que nada. ¿Le apetece navegar conmigo? ¿Un entorno relajado para una charla distendida? Vamos, no aceptaré un no por respuesta.

Como los de su hijo Demond, sus ojos eran dos canicas negras. Su pelo, tanto el que le brotaba de la cabeza como el del rostro, parecía sucio y deshidratado, si bien abundante y grueso. La cicatriz que le cruzaba la cara desde la frente hasta el mentón, y que le partía la nariz en dos, le daba un aspecto fiero, pero lo que más me preocupaba era el motivo por el que había estado encerrado. «Mi padre le dio una paliza a un blanco al que no le gustaban los negros, ya me entiende. Y no hablamos de un par de hostias. Se ensañó con ese cabronazo hasta tal punto que le cayeron diez años por intento de asesinato».

Partiendo de sus antecedentes, no me atreví a negarme.

–Claro, charlemos. ¿Por qué no? Cojo las llaves y vuelvo.

–Por supuesto.

Fui hasta la cocina sin cerrar –no me atreví a darle con la puerta en las narices–, en busca del manojo de llaves. A pesar de que Adhir Sarkis no me quitaba el ojo de encima, una vez allí, con disimulo, cogí un pequeño cuchillo y me lo guardé en el bolsillo. Cerré con llave y caminamos hacia el muelle en silencio. Me sentía obligado, como un niño que odia ir a la escuela. No obstante, no tuve miedo. En ningún momento se me pasó por la cabeza que aquel hombre quisiera hacerme daño.

¿Por qué? ¿Por acusar a su hijo retrasado de intentar matarme?

«Si Elon no pudo ser, le pediré perdón y asunto resuelto», me dije antes de meter un pie en el bote.

11

La madre

Anfernee Scott

Se alejó de la orilla hasta que consideró oportuno soltar los remos y clavarme su profunda mirada.

—Mi hijo nunca ha pisado la mansión de los Waitman. O al menos no lo hizo el día que intentaron atizarlo a usted con un marcador de ganado, que, casualmente, robaron de nuestro taller la noche anterior. Alguien intenta amedrentarlo, parece evidente, pero no es ninguno de mis hijos. Elon tiene la maldad de un cervatillo y la inteligencia de un niño. ¿Cómo se le pudo pasar por la cabeza que intentara reventarle la cabeza?

—Le debo una disculpa, señor Sarkis. Me equivoqué y lo siento de veras.

—Disculpas aceptadas. —Miró a su alrededor y dejó ir un largo suspiro, empapándose del entorno que nos abrazaba—. La culpa es de su madre. —Apretó los dientes y los puños: percibí cómo la ira recorría cada centímetro de su cuerpo—. Tuvo trillizos y la muy…

—Continúe, por favor.

Supongo que no debí alentarlo, pero, nuevamente, mi prudencia sucumbió ante mi curiosidad.

—Se le fue la cabeza. Enloqueció. Aseguraba ver a grupos de personas rondando nuestra casa con máscaras mortuorias egipcias que iluminaban sus pasos con cirios y antorchas. Estaba convencida de que esos hombres y esas mujeres eran los causantes de la desaparición de las gemelas Portman en 1999 y de un niño, cuyo nombre no recuerdo, en 2001. Y eso no es lo peor de todo: creía que yo formaba parte de esa «secta malévola», como ella la llamaba. Su obsesión llegó a tal punto que un día trató de ahogar a nuestros hijos en la bañera para librarlos de entrar en dicha secta. La descubrí cuando hundía la cabeza del pequeño Elon… Si la hubiese sorprendido cinco minutos más tarde, ahora estaría usted hablando con un padre sin hijos. Como habrá deducido, la cabeza de Elon estuvo demasiado tiempo debajo del agua y su cerebro… Bueno, usted mismo ha visto el resultado. Anoxia cerebral, se llama.

–¿Y qué fue de su mujer?

–Se está pudriendo en un centro psiquiátrico penitenciario. No está lejos de aquí, pero para nosotros es como si estuviera en Marte. Supongo que pasará el tiempo arrancándole las alas a las moscas. –«Raro que no la mataras a golpes», reflexioné–. Todo castigo es poco para su crimen. Es una maldita z… En fin, creo que es hora de que volvamos a tierra firme.

–Gracias por ponerme al tanto y, de nuevo, le pido disculpas.

–De nada. Está usted perdonado. –Me sonrió; la primera y la última vez que curvó sus labios en mi presencia–. Lo mejor es hablar las cosas cara a cara, ¿no cree?

–Por supuesto.

Adhir Sarkis remó de vuelta hasta el muelle. Solo las palas al introducirse en el agua y el canto de algunos pájaros enturbiaron el relajante silencio que acostumbraba a envolver al lago.

Bajé del bote y me despedí.

–Hasta otra, Adhir.

–Nos vemos –dijo él antes de mover los remos con sus fuertes brazos.

Lo observé hasta donde me alcanzó la vista.

«Puede que sea verdad o puede que no –pensé, recordando sus aclaraciones–. Tal vez su esposa estuviera en su sano juicio y él fuera el chiflado. Ella se olió el pastel y él se la quitó de en medio».

Evoqué la áspera voz de Sarkis: «… querría aclararle un par de cosas. Nada preocupante; para dejarlo tranquilo, más que nada».

Sus explicaciones –ni por asomo– surtieron el efecto deseado.

12

La bruja

Anfernee Scott

Pasé el tiempo principalmente escribiendo, sin soportar visitas inesperadas, hasta que llegó la visita esperada.

Ding dong.

–Ya está aquí nuestra invitada –le dije a Tinta mientras cerraba la puerta del horno.

Recibí a Anne con mi mejor sonrisa.

–Hola, señorito escritor.

Aquel «señorito» me hizo recordar que aquella noche tenía que llamar sin falta a mi querida empleada del hogar; la anterior se me había pasado por alto.

–Hola, señorita bibliotecaria –saludé, asimismo risueño.

Nos dimos un beso en la mejilla que fue suficiente para que me estremeciera. Llevaba el pelo recogido en una coleta y vestía una cazadora de cuero de color turquesa por la que asomaba el cuello alto de un jersey negro, unos tejanos ajustados oscuros y unos botines de tacón alto. Siempre me había gustado esa combinación de ropa, más aún si quien los llevaba tenía un cuerpo como el de mi invitada.

–Hola, preciosa.

Anne se acuclilló al ver que Tinta se le acercaba. Le acarició la cabeza y el lomo mientras esta se restregaba contra sus rodillas. Terminados los agasajos, se incorporó e inspiró profundamente mientras caminábamos hacia el centro del salón.

–¡Huele que alimenta!

–Pues ya verás cuando lo pruebes –le guiñé un ojo.

–Lo estoy deseando.

La mesa del salón estaba preparada y nos sentamos en el sofá, cerca de la chimenea. Los troncos crepitaban. Por las noches bajaba notablemente la temperatura y, aunque dentro se estuviera medianamente a gusto, pensé que un buen fuego amenizaría la velada.

—Al pollo le queda una hora de horno, más o menos, así que… Cuéntame algo curioso sobre ti, o sobre Heaven Lost —le dije mirándola directamente a los ojos—, lo que prefieras.

—¿Qué quieres saber? Mejor sobre el pueblo: mi vida es harto monótona.

—Pues… para empezar, ¿por qué hay tantos afroamericanos? ¿Qué sabes de la mansión de los Waitman? —Obvié hablarle de la pirámide para no sugestionarla—. ¿Y sobre la desaparición de las gemelas Portman en 1999 y la de un niño en 2001? He observado que desaparecen muchas personas en los pueblos cercanos. —Anne me miró con una ceja alzada, sin duda sorprendida por mis ansias de conocimiento—. Ah, ¿y qué puedes contarme sobre la mujer, o exmujer, de Adhir Sarkis, la que intentó ahogar a sus hijos? Y…

—¡Sooooo…! —Anne tiró de unas riendas imaginarias—. ¡Para el carro, hombre! —Me encantaba su espontaneidad—. Vayamos por partes, ¿no?, o me va a tocar ir tomando nota y no me apetece. Empezaré por el principio, valga la redundancia. Por el nombre del pueblo. ¿No te ha parecido curioso, señor escritor?

—Lo cierto es que sí.

—Bien. Necesito una linterna.

—¿Una linterna?

—Sí. Eso eléctrico que arroja luz… ¿Nunca has visto una?

—Qué graciosilla —puse los ojos en blanco—. Un momento. Juraría que he visto una en el garaje.

Me levanté de la cheslón. Encontré la linterna sobre la estantería a la que apuntaba la proa de la lancha de Edmund.

—Aquí tiene, señorita.

—Gracias. Ahora apaga las luces.

—¿En serio? ¿Crees que esto es…?

Estuve a punto de decir «una acampada de *boy scouts*», pero preferí no moderar su campechanía. Así que obedecí sin más, dejando el salón en penumbra, iluminado únicamente por una danza de llamas que se proyectaban sobre las paredes como fuegos fatuos.

Se colocó la linterna bajo el mentón –como había presentido– e iluminó siniestramente su cara, pero ni con esas consiguió estar fea.

—¿Por qué Heaven Lost? Los más ancianos aseguran que el pueblo lo fundó una bruja que huyó de Salem durante los famosos juicios que condenaron a otras de su calaña –relató, poniendo voz de ultratumba–. Décadas después, los habitantes del pueblo que ella misma fundó se enteraron de su procedencia y la condenaron a morir en la hoguera por segunda vez. Antes de arder viva, maldijo al pueblo y a sus habitantes: quien pisara Heaven Lost entraría en comunión con el demonio y, por ende, se le cerrarían las puertas del cielo. De ahí el nombre del pueblo.[1]

—He de admitir que la leyenda tiene su miga, pero también un agujero considerable: la bruja bautizó el pueblo mucho antes de que la condenaran por segunda vez. No tiene sentido.

—Ya ha hablado el listillo. –Sonreí mientras ella seguía a lo suyo, seria, poniendo voces apagadas y misteriosas, con eco, en susurros…–. La bruja conocía su destino desde que era una niña y también sabía que no podía cambiarlo. Siempre fue consciente de que la condenarían por brujería en Salem, que lograría huir y que más tarde fundaría el pueblo donde sus propios vecinos, muchos de ellos amigos, la verían arder en el centro de la plaza.

—Ya.

—El mal se alimenta de Heaven Lost, señor Scott. El pueblo no es lo que parece. Desde hace tiempo, aquí pasa algo extraño y perturbador. No hablo de supersticiones, mitos o leyendas, sino de personas que se esconden entre la niebla, que no hacen ruido

---

1   En inglés, «cielo perdido».

al deslizarse por las sombras. El pueblo es su cuartel. Tejen algo siniestro y alguien está a punto de caer en su trampa.

Aplaudí cuando apagó la linterna.

—Fabuloso. En serio. Un material de primera.

—No olvides ponerme en los agradecimientos, ¿eh?

—Faltaría más.

Me levanté y encendí la luz.

—Sobre el tema de los afroamericanos —prosiguió sin adornos vocales—, no sé qué quieres que te diga. En apariencia no existe conexión entre las familias que han ido llegando desde 1985. Según mi abuela, a nadie le pasó desapercibido. «Tanto negro yendo y viniendo…», decía con la frente arrugada. Pero, como te digo, dichas familias no guardaban relación entre ellas y…

—O puede que sí —medité en voz alta, cortando sus explicaciones—: dices que empezaron a llegar sobre 1985, y poco después empezaron las desapariciones que describen los recortes de periódico.

—¿Recortes?

—Antes de que sigas, creo que será mejor que te ponga al tanto de lo que me ha ocurrido desde que llegué a esta casa. Te aseguro que no tiene desperdicio. Lo cierto es que no sé ni cómo sigo aquí… Supongo que me puede la curiosidad.

—Soy toda oídos.

Le hablé de Tituba y de los hermanos Sarkis, de Marianne y Samuel Wood, de mi excursión a la mansión Waitman y de mi encontronazo con el Loco del Marcador. También de mi paseo en barca con Adhir Sarkis y de lo que me contó sobre su esposa, de la mujer desenterrada y del mensaje que llevaba grabado en la piel.

—Lo peor es que el *sheriff* Olsen y su ayudante no parecen dispuestos a hacer nada al respecto —consideré, dispuesto a cerrar mi monólogo; al pollo no le quedaba demasiado para estar a punto.

Me contuve de lanzar improperios contra Olsen, no fuera a ser amigo suyo. Lo cierto es que no sabía nada de Anne, aparte de que era bibliotecaria.

—A ver, un momento –dijo ceñuda–. ¿El *sheriff* Olsen? Heaven Lost no tiene *sheriff* –me aseguró–. La *sheriff*, dirás. Conozco a Sandra Leigh desde que éramos crías. Lleva siendo *sheriff* más de seis años…

Anne me miró con cara de no entender nada mientras a mí se me caía el cielo encima.

¿Qué clase de broma siniestra era aquella? ¿Por qué dos tipos querrían hacerme creer que representaban a la ley en el pueblo? «Se llevaron el móvil y el álbum, incluso el cadáver de la mujer –pensé consternado–. Hasta se tomaron la molestia de rotular un todoterreno y de agenciarse uniformes de pega. ¿Con qué fin?».

Por un momento dudé de si estallar a reír o llorar de impotencia.

–¿Y quiénes eran esos dos gilipollas, entonces?

–Ni idea. Y eso no es lo único que me ha chirriado de tu historia. No digo que Marianne y Samuel Wood vayan a la última moda, pero de ahí a compararlos con los viejos que aparecen en *American Gothic*… Además –remarcó–, él no es ciego del todo. Tiene algún tipo de problema en los ojos, eso es evidente, y ve menos que un gato de escayola, pero se las apaña lo suficientemente bien como para ir a todas partes sin compañía. No entiendo por qué Marianne te dijo eso… Por otra parte, jamás los he visto ir en bicicleta. Sumado a lo del *sheriff* y su ayudante, al larguirucho de la máscara, al álbum de recortes, a la mujer del bote… Joder, y lo de la pirámide es de traca. O te están gastando la broma más elaborada de la historia o no lo entiendo – sentenció–. Creo que deberías dejar todo este asunto en manos de Sandra Leigh. ¿Quieres que la llame? Le puedes contar lo que me has dicho a mí. Es muy eficiente, ya verás, y directa, te aviso.

–Mientras su placa no sea de plástico… Supongo que, llegados a este punto, será mejor que la pongamos al tanto. –Resoplé agobiado–. Adhir Sarkis me aseguró que había hablado con el *sheriff* Olsen. Es evidente que los Sarkis están en el ajo, y eso siendo comedidos. Lo más probable es que sean los artífices de todo este embrollo. Lo tuve claro desde mi encontronazo con el enmascarado, pero esos dos cabrones me hicieron cambiar de idea. Elon Sarkis intentó matarme. Lo del robo del marcador era una pantomima que yo, iluso de mí, me tragué como un necio. Y Adhir…

–Caí en la cuenta de que tenía guardado el número del *sheriff* falso–. Espera un momento. Voy a llamar al teléfono que me dio.

–Buena idea.

Marqué el mismo número al que había llamado tras encontrar el cadáver dentro del bote, con la intención de concertar una reunión con el «*sheriff* Olsen».

–Mierda –espeté decepcionado, aunque en el fondo poco extrañado–. Comunica.

–Era de esperar. Seguro que utilizaron un móvil de prepago –presintió Anne antes de ponerse a rebuscar en su bolso. Tras dar con su móvil marcó el número de la *sheriff* y aguardó con el auricular pegado a la oreja mientras yo observaba sus equilibradas facciones–. Hola, Sandra. Sí…, ya ves. Bueno, algún día de estos. En fin. Oye, una cosa: ¿puedes pasarte por la casa de Cristal Lake? Sí, donde está pasando unos días Anfernee Scott. Eh… Sí. Es demasiado largo para explicártelo por teléfono. ¿Puedes acercarte o prefieres que nos pasemos por tu oficina? Sí, yo diría que sí, pero más que nada es perturbador. De acuerdo. Gracias, guapa.

Colgó.

–Estará aquí en una hora.

–Adhir me tuvo a su merced sobre el bote –medité en voz alta, una vez que metió el móvil en el bolso–. Si hubiera querido hacerme daño, tuvo una oportunidad inmejorable cuando nos alejamos de la orilla. Podría haberme arreado con uno de los remos y después hundirme en el lago. No quieren hacerme ningún mal físico, de eso estoy seguro. Pretenden amedrentarme. ¿Por qué? Puede que llevaran cámaras ocultas y… A saber. Vieron la oportunidad de sacar tajada y la aprovecharon. Cuando uno es conocido, los motivos crecen.

Me quedé en silencio unos segundos.

–Por cierto, ¿lo de su mujer es cierto?

–Ahí no te mintió. Intentó ahogar a sus tres hijos en la bañera, pero solo consiguió dejar a Elon con el cerebro hecho papilla. Esa mujer perdió la cabeza y, de no ser por Adhir, habría cometido un triple infanticidio. Enloqueció de la noche a la mañana; un día estaba cuerda y al siguiente se la llevaron esposada a un manicomio.

–Puede que no estuviera tan loca… –bisbiseé pensativo.

–¿Qué?

–Nada. Que el pollo ha de estar en su punto. ¿Comemos antes de que llegue la *sheriff*?

–Sí, por Dios. Tengo un hambre voraz.

–¿Y qué tienen de cierto los rumores que corren por las redes? –me preguntó mientras se llevaba un trozo de pollo a la boca.

–¿A qué rumores te refieres?

–A que llevas cinco años sin escribir una sola palabra. Y no porque hayas decidido dejarlo, sino porque tienes uno de esos bloqueos de escritor.

–Pues tienen de cierto que son la pura verdad. –Le dediqué una sonrisa compungida–. Desde la muerte de mis padres no doy pie con bola. Durante mucho tiempo tuve la sensación de no solo haberlos perdido, sino de haber desperdiciado la oportunidad de decirles que los amaba. Nunca he sido de los que muestran sus sentimientos y me arrepiento de habérselos ocultado. Sé que eran conscientes, pero aun así me hubiera gustado decírselo a la cara antes de que se fueran. No sé. Pensé que morirían en su cama, que podría despedirme tranquilamente de ellos, que nos quedaba tiempo. Pero no. La cuestión es que con ellos se marchó también mi inspiración.

–¿Y puedo preguntar cómo murieron?

–¿No lo pone en internet?

Anne me deleitó con una sonrisa estimulante. Intuí que pretendía animarme tras el decaimiento que me había provocado su pregunta.

—Si lo pone, no lo he visto.

Hablar de mis padres me sumía en un estado de extrema tristeza, pero, al mismo tiempo, era consciente de que hacerlo me ayudaba a superar el duelo.

—Los asesinaron a sangre fría. Les dije que no salieran de noche, que no se alejaran de casa, pero eran como yo: iban a su aire. Los dispararon como a perros y ese fue otro de los motivos que no me dejó dormir durante meses. Según la única testigo del crimen, mis padres les dieron el bolso y la cartera sin oponer resistencia, pero antes de salir corriendo los ladrones los dispararon a bocajarro. Diez veces –sentía que los ojos se me llenaban de lágrimas–. ¡Diez! Nada más y nada menos. Supongo que irían de droga hasta las cejas y tendrían miedo de que los identificaran en una posible rueda de reconocimiento. El caso es que me los arrebataron y a mi cerebro le dio por cerrarse en banda. He estado más de dos años sin otra cosa en la cabeza, sin pisar la calle, yendo de la cama al salón, como un maldito zombi.

—Lo siento, Anfernee.

—Gracias. Ahora estoy mucho mejor. No es que lo haya superado, pero, bueno, voy mejorando. Que esté aquí es una muestra de ello.

—El presente apunta maneras, entonces. ¿Has vuelto a darle a las teclas?

—Y tanto que sí. En Heaven Lost estáis todos zumbados –bromeé–, pero tenéis la capacidad de estimular mi creación.

«¿Estimula esto su creación, escritor?», recordé fugazmente.

—Un lado positivo, ¿no?

—Sí. Además de haberte conocido.

Conseguí que se sonrojara: un primer paso hacia su afecto.

Estábamos dando los últimos sorbos del café cuando sonó el timbre de la puerta.

—Esa debe de ser Sandra –sospechó mi invitada.

Caminamos hacia la puerta dispuestos a abrir a la auténtica *sheriff* de Heaven Lost.

13

La *sheriff*

Sandra Leigh

Cerré la puerta y me detuve en el porche de la casa de Edmund Freeman, a quien había conocido en la cafetería de Rose y con quien únicamente había hablado de temas triviales.

No sabía qué pensar de su representado.

La conversación que acababa de mantener con el célebre Anfernee Scott –ganador de más de un premio literario– me dejó una sensación agridulce: por un lado, me pareció un hombre petulante –de ahí que me extrañara encontrármelo con Anne, que no era de las que se lanzaban a los brazos del primer forastero pudiente– y, por otro lado, me pareció un hombre educado, seguro de sí mismo, que, dadas las circunstancias, no se dejaba intimidar fácilmente. Después de lo que aseguraba haber vivido, la mayoría de los mortales habría hecho las maletas y se habría alejado sin mirar atrás de los pueblerinos «raritos», como describió a algunos de mis vecinos. Un adjetivo, desde mi punto de vista, desafortunado. No obstante, estábamos de acuerdo en algo: los Sarkis eran raros de cojones.

«Me gustaría regalarle uno de mis libros. Dedicado, por supuesto», recordé su ofrecimiento. También mi tosca respuesta: «No, gracias. Entre mis aficiones no está la lectura».

Me mordí la lengua en más de una ocasión. Me habría gustado preguntarle por qué iba a querer yo tener un libro suyo firmado. Soy consciente de que lo hizo con buena intención, pero ese hombre debía entender que no todas babeamos por un ejemplar dedicado de su, según tengo entendido, fantástica obra.

Su historia le habría parecido un disparate a cualquiera en su sano juicio, pero yo había leído el informe que uno de mis predecesores había redactado el día que Danai Sarkis trató de ahogar a sus tres hijos para, según sus propias palabras, «evitar que su padre los adentrara en un mundo de muerte y pederastia». Esa mujer prefirió verlos muertos que formando parte de la secta a la que, según aseguraba, pertenecía su marido. «¡Encontrad la pirámide!», desgañitó mientras se la llevaban esposada. Muchos oyeron su desesperada petición, pero nadie buscó nada.

El tiempo había corrido mucho desde aquellos intentos de infanticidio. Los crímenes no abundaban en Heaven Lost, así que, empujada por la curiosidad, un día tedioso decidí revisar viejos informes. Leer «pirámide» me hizo comprender que Danai Sarkis perdió la cabeza. Pero ahora, tanto tiempo después, un escritor de *best sellers* aseguraba haber descubierto una pirámide tras la mansión Waitman, que llevaba décadas abandonada.

Obvié hablarles de dicho informe a Anne y a Scott: necesitaba cerciorarme de que las acusaciones de este último no fueran una invención con fines publicitarios.

Entré en el coche patrulla casi arrastrando los pies.

«Tengo que perder peso, joder».

Lo único que deseaba era llegar a casa y besar a mi hermosa mujer.

Lo más increíble, sin duda, era lo de la mujer desenterrada y el mensaje tan peliculero que, siempre según el señor Scott, le habían marcado en la piel.

«¿Por qué usamos el término "señor" cuando hablamos de un escritor de renombre? –me pregunté–. Espero que no sea una treta para vender más libros, porque la broma le va a salir cara. Si es un confabulador, lo averiguaré y, por mis ovarios, que se le va a caer el pelo. Nadie puede corroborar una sola de sus historias. Ni una. El número de teléfono que me ha facilitado, el que le dio supuestamente el tipo disfrazado de *sheriff*, comunica todo el tiempo. Comprobaré a quién pertenece, pero me da que será de prepago o, lo que es lo mismo, irrastreable. Tampoco se fijó en la matrícula del todoterreno rotulado en el que llegaron…».

Leí en alguna parte, juraría que en la sala de espera del dentista, que Scott había perdido la inspiración por completo y que el asesinato de sus padres lo había sumido en una profunda depresión. Por un segundo sentí pena, pero se me pasó enseguida…

«¿Y viene a buscarla a Heaven Lost? Aquí no se le ha perdido nada, escritor *best seller* del *New York Times*».

He de admitir que la combinación millonario y célebre no me gustaba demasiado. No es que hubiera conocido a muchas personas famosas, pero sí a un par de pudientes que se creían de la Orden de los Illuminati. Y quien más y quien menos te miraba por encima del hombro.

«A primera hora hablaré con los hermanos Sarkis aunque me apetezca tan poco como tirarme por un acantilado. Luego con Marianne y Samuel Wood y tendré que pasarme por la mansión Waitman a ver esa jodida pirámide. Me siento ridícula solo de pensarlo… Ha debido confundirse. Por fuerza. ¿Una pirámide? ¿Ojos de Horus marcándole el camino? O ese hombre ha perdido la cabeza o, la verdad, no entiendo nada».

Aquella no fue una noche cualquiera, aunque mientras conducía tuve la sensación de estar donde siempre, haciendo lo mismo de siempre. Los caminos que iluminaban los faros del coche patrulla y la escasa luz que arrojaba una luna menguante no me eran desconocidos. El mismo mar al sur cuando me aproximaba al pueblo y al norte, más allá de calles y casas, los mismos campos. Parecía una jornada más, cargada de su habitual monotonía, y eso que mi trabajo, según la creencia popular, suele estar lleno de sorpresas. Pero no en Heaven Lost. O, al menos, hasta entonces: las acusaciones lanzadas por el escritor, que era la comidilla del pueblo, me pillaron con la guardia baja.

Mi casa apareció tras doblar la esquina de siempre, al fondo de la misma calle. Justo entonces caí en la cuenta: había olvidado añadir a Nick Munro, el encargado del cementerio, a mi lista de «pendientes de entrevistar».

«Mañana va a ser un día movidito –pensé mientras usaba el mando a distancia de la puerta del garaje–. Si desenterraron a Patricia Colman… Joder, es un puto sinsentido. Nick lo habría advertido y me habría puesto al tanto. Además, cagando leches».

Guardé el coche y caminé taciturna hacia la puerta que conducía al recibidor. Seguía dándole vueltas al asunto cuando empecé a subir las escaleras, casi a tientas: «Si es cierto lo que afirma Scott con tanta seguridad, en Heaven Lost hay un misterio que resolver».

Sentí un cosquilleo en el estómago. No lo hubiera admitido ante nadie, pero el mazazo que se cernía sobre mi monotonía era más que bienvenido. Cargaba con el mismo cansancio e incertidumbre que tras abandonar la Casa del Lago; sin embargo, estando en casa, no me molestaba tanto estar hecha polvo.

El escaso tiempo que tardé en subir las escaleras le bastó a Lucy para llenar dos copas de vino. Siempre me estaba esperando –y daba gracias por ello–, de ahí que nunca le pasara inadvertida mi llegada. Invariablemente, me la encontraba de pie en el umbral del salón.

–Hola, preciosísima mía.

Nos dimos un beso en los labios mientras ella mantenía los brazos abiertos para no derramar el vino. Me dio mi copa y le di un sorbo al delicioso caldo que me había preparado con todo el amor del mundo.

–Qué seria estás hoy, ¿no? –advirtió con el ceño fruncido–. ¿Has tenido un mal día?

Por ella, cambié la seriedad por una sonrisa.

–He tenido un día raro, sí, sobre todo al final de la jornada. Pero no es eso. Es que estoy molida. Ya sabes cómo se me hinchan los pies cuando ando demasiado. Tengo que perder peso, pero…

–Eres perfecta, así que deja de quejarte de tu físico. Me enerva que lo hagas. ¿Un día raro, dices? Siempre te lamentas de que en este pueblo no pasa nada. A ver, no me malinterpretes, sé que no quieres que le pase nada malo a nadie, pero…

–Tranquila. Sé a lo que te refieres: romper un poco con la monotonía.

–Exacto.

–Pues hoy no ha sido un día nada monótono –dije mientras nos sentábamos a la mesa del salón.

–Cuéntame.

–Vengo de la Casa del Lago, la del representante literario.

–Edmund Freeman.

–El mismo.

–Entonces habrás conocido a Anfernee Scott.

–Sí.

–¿Has ido a pedirle un autógrafo para mí o qué? –bromeó Lucy, sabedora de lo poco que me iba el faranduleo.

–No. –Ambas sonreímos–. A ese hombre no le han podido pasar más cosas desde que está en esa casa. No me apetece hablar del tema, pero me temo que sus aires de grandeza hayan podido cabrear a alguien. Nada más llegar pinchó dos ruedas de su lujoso coche y acabó en el taller de los Sarkis. Elon se trastabilló con él y acabó por los suelos. Demond se enfadó. No sé… Según Scott, les pidió perdón y la cosa no fue a más. Pero ya sabes lo rencorosos que son esos malnacidos. Si la han tomado con él, tendré que mediar. De todos modos, no creo que admitan haber hecho nada. Es su estilo: negarlo todo, aunque las pruebas contra ellos sean irrefutables. Su credo es la mentira. Con lo tranquilos que estábamos todos con Adhir en la cárcel…

–¿Y qué vas a hacer?

–Pues lo que hago siempre: husmear como una perra.

Lucy estalló en una sonora carcajada.

–Porque perra eres un rato…

–Ya te digo.

Su risa mitigaba mi cansancio, mi frustración, mis miedos…

–¿Preparamos la cena?

–¡Este cuerpito no va a mantenerse solo!

Cenamos, vimos un rato la tele en la cama y cuando llegó el sueño nos dispusimos a descansar con vistas a la intensa jornada que nos esperaba al día siguiente: a mí de investigación y a ella de repostería.

Me acosté a la hora habitual, con la misma mujer. En el mismo hogar, en el mismo pueblo, en mi lado de la cama. Pero aquella no fue una noche corriente, por mucho que pudiera parecerlo. Algo se cocía en el pueblo y olía verdaderamente mal.

Sin embargo, no fui capaz de rastrear el tufo hasta estar delante del desenlace.

14

Los Wood

Sandra Leigh

La fachada de mi oficina parecía un caballo atado a un poste. De ladrillo ennegrecido, debido al agua que bajaba del tejado plano los días en que la lluvia saturaba los canalones, parecía esperar pacientemente a su jinete. Tras la puerta de cristal rotulada y los tres ventanales alargados se ocultaba un mostrador de mármol. A un lado, estaba la puerta que conducía a mi despacho y al de mis ayudantes, a una sala de archivos y a un almacén de pruebas; en el otro extremo, una puerta de seguridad daba acceso a las celdas y a la sala de interrogatorios.

El mobiliario era más viejo que yo, pero a mí me gustaba su aire a wéstern. Los tablones de anuncios siempre estaban llenos y las celdas normalmente vacías. Varias sillas acompañaban al frío mostrador y tampoco acostumbraban a estar ocupadas; no recordaba haber visto a dos personas esperando turno. Cada mañana aparcaba religiosamente en uno de los estacionamientos reservados para los coches patrulla y, cuando ponía un pie en la acera, daba por iniciada mi jornada laboral.

–Averigua a quién pertenece.

Le entregué a Lara el número de teléfono del afroamericano que se había hecho pasar por *sheriff* de Heaven Lost.

Mis ayudantes se alternaban para quedarse en la oficina a atender el teléfono y a quienes se acercaban a interponer denuncias. Aquella semana le tocaba a Lara Willis. Nuestro presupuesto era más que justo –y no hablo de justicia–, pero nos las apañábamos para llevar la oficina con tres agentes.

–Avísame cuando sepas algo.

–Claro, jefa.

Salí y miré hacia el cielo.

«Al menos está despejado», pensé.

Estaba convencida de que iban a enturbiarme el ánimo, así que decidí empezar por las conversaciones que menos me apetecía mantener. «No quiero estar pensando en esos granujas más de lo necesario».

Los Sarkis sacaban lo peor de mí y procrastinar tampoco es que fuera conmigo. «Inicia la jornada por lo que menos te apetezca y líbrate cuanto antes de esa carga», acostumbraba a aconsejarme a mí misma nada más ponerme el uniforme, cuando la jornada incluía algún, digamos, tramo incómodo.

Encontré a Demond de espaldas, afanado en el motor de un viejo Mustang, iba ataviado con su habitual uniforme de trabajo: un mono mugriento que pedía a gritos la ayuda de una lavadora.

«Menudos cerdos están hechos estos tíos –cavilé mientras las suelas de mis botas se pegaban en la mugre que barnizaba el suelo–. No creo que hayan limpiado este sitio en su vida. Ni a ellos mismos».

Era pisar aquel taller y ponerme de los nervios.

Carraspeé para llamar su atención.

Frunció el ceño al comprobar quién acababa de aclararse la voz con toda la intención.

–Ah, hola, Sandra. ¿Qué te trae por aquí?

«¿Sandra?».

–Dirígete a mí como «señora» o «*sheriff*»; que yo sepa, tú y yo no somos amigos.

«Empezamos bien la entrevista», pensé resignada.

Demond alzó las manos en son de paz mientras esbozaba una de sus características sonrisas de medio lado. A los Sarkis les gustaba vacilar a todo el mundo, pero yo no estaba dispuesta a consentírselo.

–Voy a ir al grano –proseguí con seguridad–, que tengo cosas mejores que hacer que hablar contigo. ¿Habéis estado molestando a Anfernee Scott?

–¿Molestando? No he vuelto a ver al señor Scott desde que le cambié dos ruedas, hará...

–Tres días.

–Sí. Tres días.

–¿Por qué lo pregunta, *sheriff*? –Pronunció la palabra con evidente retintín–. ¿Me acusa de algo? Porque, si no es así, yo también tengo cosas mejores que hacer.

Asumí que no iba a sacar nada de ese imbécil. Scott no pudo identificar a nadie y era su palabra contra la de ese palurdo.

–¿Dónde está Zac?

–No tengo ni idea. Hoy tenía el día libre.

No le pregunté por Elon. ¿Para qué? A ese espigado raquítico no le había oído formular una palabra entendible en toda mi vida.

–Me gustaría hablar con tu padre. ¿Dónde puedo encontrarlo?

–Mi padre no ha hablado con Anfernee Scott.

–Eso ya lo veremos.

Demond frunció el ceño y me clavó su oscura mirada.

–Como quiera. Está arriba.

–¿Baja él o subo yo?

–Mejor suba usted; supongo que aún estará en pijama.

–Conozco el camino.

Con un ademán de la mano, Demond me dio su permiso para subir al piso de arriba por mi cuenta y riesgo.

No había tenido el placer de detener a Adhir Sarkis cuando casi mató a golpes a Ned Yates por llamarlo «mono» a la cara. Llevaba ejerciendo de *sheriff* seis años y el mencionado delito había sucedido hacía más de diez, justo el tiempo que el hombre al que pretendía entrevistar había pasado entre rejas pagando por violar la ley.

«Hoy es un gran día –pensé irónica mientras giraba el pomo de la puerta tras la que empezaban las escaleras que conducían al piso de arriba–: voy a entrevistar al célebre Adhir Sarkis».

No era la primera vez que giraba aquel pomo. Los hermanos Sarkis solían meterse en líos. Demond y Zac –a este último llevaba días sin verlo– eran de los que golpean primero y preguntan después. Elon era un caso aparte. Lo habían atropellado cuatro veces y otras tantas se había caído de morros en plena calle. Una vez robó un juguete en la tienda de Mary y otra, de las trastadas más graves que le recordaba, le tocó los pechos a una señora, y no de refilón: se los magreó como si estuviera ordeñando una vaca, incluso hundió la cabeza entre las «ubres». A él podía perdonárselo, dado su estado y el motivo por el que estaba así, pero a su padre y a sus hermanos no les pasaba ni una.

–¡Señor Sarkis! ¡Adhir! –llamé antes de pisar el primer escalón; no quería encontrármelo en ropa interior, o algo peor.

–¿Sí? –Poco después vi su cabezota oscura asomando por lo alto de las escaleras. Iba en bata y pantuflas–. *Sheriff*. –Frunció el ceño–. ¿Ha pasado algo?

–Lo cierto es que no lo sé. Por eso estoy aquí, para averiguarlo. ¿Puedo hablar con usted?

–Por supuesto. Suba.

–Gracias.

–¿Quiere un café?

A él, debido a su avanzada edad, le hubiera permitido tratarme de tú, pero, en cambio, al contrario que el desconsiderado de su hijo Demond, eligió hacerlo de usted y yo se lo agradecí. Odiaba que algunos hombres, por el simple hecho de serlo, se tomaran ciertas licencias. «A mí no me da órdenes una mujer». Si me hubieran dado un dólar por cada vez que escuché esa frase durante mi carrera, podría haberme ido con mi mujer a cenar a un buen restaurante.

–No, gracias –rehusé cuando ya pisaba el recibidor–. Me he tomado uno antes de salir de casa.

–Está recién hecho –matizó sonriente–. Iba a prepararme uno cuando he oído que me llamaban a voces.

–Bueno, entonces tomaré uno con un chorrito de leche si es posible.

–Por supuesto.

–Muy amable.

–Siéntese en el sofá. –Señaló el umbral del salón con la cabeza–. Enseguida estoy con usted.

Adhir se retiró a por el prometido café y yo me senté donde me había indicado. El mobiliario era antiguo y el parqué de un marrón que flirteaba con el negro. Los cuadros eran bodegones y las cortinas estaban pasadas de moda, al igual que las lámparas. Parecía evidente que los Sarkis llevaban años sin cambiar la decoración.

«El típico lobo con piel de cordero –pensé mientras lo aguardaba–. "¿Quiere un café?". Bla, bla, bla. Anda y que te jodan, Adhir Sarkis. Mucha amabilidad, sí, hasta que no te guste lo que escuches. Os tengo calados. Prepárate, viejo, porque estás a punto de recibir una buena tanda de preguntas indeseadas».

Recordaba vagamente el rostro de Adhir de las pocas veces que me había cruzado con él antes de que lo condenaran y estaba segura de que no tenía ninguna cicatriz. «En la cárcel te topas con otros de tu calaña, ¿eh, Sarkis?», me dije. En los centros penitenciarios siempre habría alguien más bravucón. Allí no había sido un macho alfa. Quien fuera que le hiciera esa cicatriz debió clavarle el filo en un ojo.

El odio que sentía por aquella familia no era sano.

–Bueno, ¿y a qué debo su visita, *sheriff*? –preguntó mientras dejaba las tazas sobre la mesa de centro que tenía a un par de palmos de mis piernas–. Este es el suyo, con un chorrito de leche.

–Gracias. Mire, señor Sarkis, no me andaré por las ramas. ¿Por qué le dijo a Anfernee Scott que había hablado con el *sheriff* de Heaven Lost? Yo, mejor que nadie, sé que eso no es cierto, lo que me lleva a pensar que usted, con la ayuda de sus hijos, está detrás del intento de agresión que sufrió, de suplantar a un agente de la ley y de profanar un cadáver.

–¿De todo eso se me acusa? ¿Y de buena mañana? ¡Madre de Dios! Pues menos mal que solo llevo tres días fuera de la cárcel, ¡si salgo una semana antes me carga la muerte JFK!

–Entonces, ¿su versión es que Scott miente como un bellaco?

–Mi versión es que me suena a chino todo lo que dice. No he hablado en mi vida con ese hombre. Si se ha instalado en la Casa del Lago, doy por hecho que es para estar tranquilo; no voy a ir allí a… ¡a tocarle los huevos, joder!

Adhir dio una palmada sobre la mesa y volcó su café; el mío no acabó derramado porque su airado gesto me pilló sorbiendo.

«Eso es. Muéstrame cómo eres en realidad».

–Tenga cuidado con ponerse violento conmigo, señor Sarkis. –Me mostré firme, pero mi corazón latía a toda velocidad–. Relájese o esta noche dormirá en un calabozo. Una noche más entre rejas tal vez le recuerde que es mejor portarse bien.

–Lo siento, *sheriff*. Entiéndame. Recién salido de la cárcel, no me hace ninguna gracia que me acusen a la ligera. La cuestión es, ¿respalda usted sus acusaciones con pruebas o se ha plantado aquí únicamente con la palabra de un forastero al que, además, no conoce de nada? ¿No cree que debería anteponer la palabra de uno de sus vecinos a la de un ricachón al que le importa un bledo Heaven Lost?

«Si la palabra fuera de otro vecino…».

–No tengo pruebas –admití–. De momento.

–Entonces he de pedirle que se marche.

–Claro.

Me levanté decidida a abandonar aquel piso situado sobre un taller mecánico, pero un pensamiento postergó mis intenciones. Miré a Adhir Sarkis fijamente a los ojos mientras este sorbía impertérrito de su taza, como si nadie, «de buena mañana», acabara de acusarlo de varios delitos.

–Es curioso que no me haya pedido ninguna explicación.

Dejó la taza sobre la mesa con parsimonia, presentí que preparando mentalmente una de sus características socarronerías.

—¿A qué se refiere, *sheriff*?

—A que, habiendo de por medio acusaciones tan graves como un intento de asesinato, suplantar a un agente de la ley y profanar un cadáver, no haya formulado un solo «cuándo», ni un mísero «dónde», ni un jodido «por qué». No se ha dignado ni a fingir sorpresa. Ni siquiera ha intentado buscar una coartada. No sé a usted, pero a mí me parece significativo.

—¿Por qué iba yo a malgastar mi aliento con usted, cuando todos sabemos que antepondrá la palabra de un rico famoso a la de un hombre de color? Usted es una lesbiana que ha vivido en un pueblo. Ahora, a los homosexuales y a las lesbianas se os trata con respeto, pero cuando yo era joven no tanto, ¿verdad, *sheriff*? Usted, mejor que nadie, debería saber a qué me refiero.

Sarkis consiguió que me sobreviniera una oleada de recuerdos desagradables de mi infancia y adolescencia.

—No puede ir por ahí achacándolo todo al racismo. ¿Existe? Por supuesto. Pero todo lo malo que os pasa a los Sarkis no es fruto de ello.

—Lo es. Pero insisto: no voy a malgastar mi saliva tratando de que lo entienda.

—Ya. Volveremos a vernos, señor Sarkis.

—Es un pueblo pequeño.

Las entrevistas con los Sarkis fueron como había esperado. No obstante, ponerles la mosca detrás de la oreja no me venía mal: bajo presión, las personas erramos más que sintiéndonos a salvo.

Entré en el coche patrulla y llamé por radio a Jonny, otro de mis ayudantes.

—Dígame, jefa.

—Oye, Jonny, deja lo que estés haciendo y vigila a Adhir Sarkis. Si abandona el pueblo, quiero saberlo. Luego te cuento de qué va todo esto.

–De acuerdo, jefa. No le quitaré el ojo de encima.

La casa de los Wood quedaba cerca y, dado mi «ligero» sobrepeso, aquella mañana, nada más despertar, me había impuesto usar menos el coche.

Llamé al timbre y me quedé absorta en uno de los ladrillos marrones que formaban la fachada. «A ver qué se inventan estos», pensé, antes de que una voz me hiciera alzar la mirada. Marianne se asomó por una de las ventanas de la segunda planta.

–Hola, *sheriff*. Enseguida bajo.

–Buenos días, Marianne. Aquí te espero.

Abrió la puerta con un *look* muy distinto al que llevaba cuando se presentó ante Anfernee Scott: pantalón gris de chándal, sudadera a juego y zapatillas de deporte rosas. Su ropa concordaba más con la de una quinceañera que con la de una mujer que rondaba los setenta años. «Parecían los ancianos que aparecen en el cuadro *American Gothic*», recordé de boca del escritor.

–Necesito hablar contigo y con Samuel.

–Claro, entra. ¿Ha pasado algo?

–Te lo explicaré cuando estéis los dos juntos.

–De acuerdo. Subamos al salón. ¡Samuel! ¡Es la *sheriff*!

–¡Voy!

Al llegar arriba, encontré a Samuel esperándonos en el recibidor.

–Hola, *sheriff* –saludó con su voz grave y profunda.

–Hola, Samuel.

Podría haber estado ante aquel hombre un millón de veces y en todas ellas me habrían inquietado sus ojos pálidos. Samuel, como Marianne, vestía un pantalón de chándal y una sudadera, pero en vez de zapatillas de deporte llevaba unas de ir por casa.

Me ofrecieron asiento en una de las sillas que abrazaban la gran mesa del salón. Una vez que los tuve al otro lado de su robusto tablero, inicié la entrevista:

–¿Vais a salir a andar? Lo digo por la ropa de deporte.

Los había descubierto paseando por los alrededores de Heaven Lost en más de una ocasión. Lo cierto es que me parecían una pareja adorable.

—Dentro de un rato, supongo —contestó ella; era consciente de que Samuel era hombre de pocas palabras.

—¿Y en bici?

—¿Cómo?

—Salir a dar una vuelta en bici, digo. Como cuando fuisteis a preparar la Casa del Lago para Anfernee Scott. —Ambos se dedicaron una mirada de lo más delatora, confirmando otra de mis sospechas: escondían algo—. Tengo entendido que lo recibisteis con unos atuendos, digamos, de cuando mi bisabuelo fumaba en pipa. ¿Puedo saber por qué? Para Halloween falta bastante, así que… Ah, ¿y me explicáis también por qué le hicisteis creer que tú no ves absolutamente nada? —Fijé mi atención en Samuel, en busca de otro gesto «inconveniente»—. No sé qué problema tienes en los ojos, pero sé que ves lo suficientemente bien como para pedalear unos metros por detrás de alguien. Dejasteis el coche escondido, ¿verdad? Hicisteis la actuación de vuestras vidas y luego metisteis las bicis en el maletero y volvisteis a Heaven Lost riéndoos como dos niños que acaban de hacer una travesura.

—No sé de qué me habla, *sheriff*.

—Ya. Estáis ahí —dije tras señalarlos con el mentón—, más tensos que un testigo falso, pero ¿no sabes de qué te hablo? Venga, soltadlo, la verdad os hará libres. Dejasteis el teléfono y el álbum de recortes en el desván, para… ¿Para qué? ¿Acojonarlo y que volviera a su lujosa casa?

Nadie dijo nada durante varios segundos.

—¿Tenéis algo en contra del señor Scott? ¿Os fastidió de algún modo? Si me tomáis el pelo hoy y mañana averiguo lo que ocultáis, os juro que me convertiré en vuestra sombra. Cada vez que me cruce en vuestro camino, sea a pie o en coche, os pediré la documentación pertinente, y más os vale tenerlo todo en regla. Si la matrícula está sucia, multa al canto. Si os veo tirar un papelito al suelo, otra multa. No os interesa estar a las malas conmigo, así que desembuchad. No voy a dar más palos de ciego de los necesarios por vuestra culpa. Mi tiempo es oro. Si estáis detrás de la exhumación de Patricia Colman, terminaré descubriéndolo y...

—¡¿Exhumación?! ¡¿De qué diablos está hablando, *sheriff*?!

Marianne parecía realmente sorprendida.

—Díselo de una maldita vez —rogó Samuel, con brusquedad.

La mujer tomó airé por la nariz y lo expulsó con calma por la boca, aparentemente rendida ante mis presiones.

«Vamos, desembúchalo todo».

—De acuerdo, *sheriff* —accedió resignada—. Le contaré por qué engañamos al escritor.

15

La tumba

Sandra Leigh

Abandoné la casa de los Wood y volví al coche patrulla. Antes de arrancar le di un telefonazo al encargado del cementerio. Nadie lo llamaba «sepulturero», pero en el fondo esa era su profesión. Meter ataúdes en hoyos: un oficio no apto para melindrosos. Por suerte, respondió a la llamada cuando estaba en el camposanto, así que le ordené que no se moviera del sitio.

Conduje hacia las afueras. Tenía una noticia que darle al señor Scott –la surrealista confesión de los Wood–, pero antes investigaría el tema del cadáver. Marianne y Samuel me juraron y perjuraron que no tuvieron nada que ver con el incidente en la mansión ni con la profanación del cuerpo de Patricia Colman. Y yo los creí a pies juntillas.

Dejé atrás la puerta de hierro forjado y me adentré en aquel conjunto de cruces, lápidas y fotografías de muertos en torno a árboles, muros y caminos adoquinados. Los cementerios me eran indiferentes. Pisar uno no me provocaba ni frío ni calor, ni me estremecían ni me sumían en pena. Pero aquel me generó añoranza, pues allí descansaban mis padres y no fui capaz de eludir su recuerdo al poner un pie en aquella ciudad de muertos.

«La piel es el uniforme de nuestras almas», medité mientras avanzaba entre tumbas.

Descubrí a Nick de espaldas, podando un rosal.

–Buenos días, *sheriff* –saludó alegre. Dejó las tijeras en el suelo y se quitó los guantes con los que protegía sus alargados dedos de las espinas de la planta–. ¿Qué la trae por aquí?

Aprecié áspera su piel cuando nos estrechamos la mano.

–Te va a parecer extraño, pero ¿puedes comprobar si la tumba de Patricia Colman ha sido manipulada? Es más, ¿puedes decirme si su cadáver sigue dentro de su ataúd?

Expresó su desconcierto con una mueca.

–Paso de hacer preguntas. Sígame.

No negaré que me sorprendió su indiferencia.

Anduve tras la estela del sepulturero por el camino central del cementerio, hasta que se detuvo ante la tumba en suelo de Patricia Colman. Su lápida, impoluta dado su reciente fallecimiento, mostraba un bonito epitafio, grabado sobre el dibujo de una espiga de trigo: LOS QUE TE QUISIMOS EN VIDA NO TE OLVIDAREMOS DESPUÉS DE TU MUERTE.

Nick se agachó y estudió el sepulcro.

–Imposible –concluyó con seguridad–. La tierra estaría removida y está…

–¿Puedes comprobar si sigue dentro del ataúd?

–Si no han cavado por aquí recientemente…

–¿Puedes comprobarlo o no? –insistí con gesto severo–. Por favor.

Nick resopló como si tuviera pendiente todo el trabajo del mundo.

–Claro, *sheriff*. Pero deme tiempo.

–Faltaría más. Gracias. Tienes mi número de móvil, ¿no?

–Sí.

–Pues dame un toque cuando lo veas claro.

–De acuerdo.

Hice una foto a la lápida con mi teléfono.

–Nos vemos, Nick.

–Hasta pronto, *sheriff*.

Mientras me alejaba tuve un pálpito de lo más descorazonador. «Si no hay signos de exhumación… Joder. Scott no descubrió el cadáver de Patricia Colman. –Me pasé la mano por la cara, sentía un agobio inmenso–. No se topó con un cadáver profanado, sino con el de una mujer asesinada».

Deseé que el escritor fuera, en el fondo, un mentiroso compulsivo.

«¿A la Casa del Lago o a la mansión?», barajé cuando el morro del coche patrulla se aproximaba al cruce. Si doblaba a la derecha llegaría a la Casa del Lago y, si lo hacía a la izquierda, a la vieja mansión de los Waitman.

«A la izquierda», decreté. Y conduje en la «buena» dirección.

16

La mansión

Sandra Leigh

Me apeé dispuesta a investigar lo que antaño fue un envidiado jardín, ahora cubierto de maleza. Observé la destartalada puerta de doble hoja que daba acceso a la parcela. Tupidas enredaderas se arremolinaban por sus barrotes como si fueran tentáculos de un pulpo esmeralda. Aquellos hierros habían vivido tiempos mejores. Los dos árboles que presidían la entrada me convencieron de que Scott no era un embustero. Al menos no uno compulsivo.

«Ahí están los ojos de Horus».

Rebasé los anchos troncos y di con la cadena y el candado.

«Y sin cerrar, como juró que se lo encontró».

Desenganché el candado, dejé caer las cadenas al suelo y empujé la puerta; su desagradable chirrido logró que unos pájaros salieran en desbandada a mi espalda, dándome un susto de muerte.

Antes de entrar eché un instintivo vistazo al camino por el que Scott llegó guiado por una sucesión de ojos de Horus. «¿Qué relación guardará el Antiguo Egipto con este lugar?», pensé antes de poner un pie en la parcela.

Si la pirámide se hallaba tras la mansión, ambas debían de estar en perfecta línea recta. Cambié de rumbo para tratar de avistarla, al menos en parte. Me acerqué a la valla y anduve pegada a las enredaderas y las malas hierbas, que me ocultaban de quienes pasaran por el otro lado de los barrotes herrumbrosos.

Como un apéndice de la mansión, una de sus brillantes esquinas asomó como una aparición sobrenatural. Por un momento pensé que se trataba de una ilusión, que mis sentidos me estaban pasando una mala jugada, pero no: tras cada paso se descubría un poco más, hasta que se destapó por completo. «Es enorme», pensé. Scott me había advertido de sus medidas y de los jeroglíficos grabados en sus paredes, pero su testimonio no había logrado amortiguar el impacto que me produjo tenerla delante.

Acaricié sus lisas paredes al tiempo que la rodeaba ensimismada. «Quien haya construido esto se lo ha tomado con calma. Pero ¿por qué y para qué?».

Con las yemas de los dedos noté un resalte. Al aguzar la vista descubrí lo que parecía una puerta difícil de detectar.

«Por aquí debió de salir el enmascarado que trató de agredir a Scott. Cuesta creerlo, pero todo encaja: los ojos de Horus, el candado y la cadena, la pirámide… y la sorprendente confesión de los Wood. –Instintivamente, acaricié la funda de mi reglamentaria–. Espero que de ahí dentro no salga ningún zumbado. Yo no estoy para salir corriendo».

«Ahora sé que Scott no mintió. Debería localizar a los Waitman y preguntarles qué diablos hace aquí esta pirámide y cuál es su cometido. Aunque, de todos modos, en principio no supone ningún delito. Además, los Waitman llevan en paradero desconocido más de veinte años».

Volví sobre mis pasos dispuesta a conducir hasta la propiedad de Edmund Freeman: aún tenía que contarle a Scott el motivo por el que la alarma de un móvil había sonado en plena noche en su desván, al lado de un álbum de recortes con noticias desagradables.

«Tú antes no eras así –me dije, como si padeciera un trastorno de identidad disociativo–. Cuando empezaste no te habrías largado tan pronto. ¿Tienes miedo, Sandra Leigh?».

No estaba asustada, pero por ley necesitaba una orden de registro, por abandonada que pareciera la casa. Y digo "pareciera" porque tenía una pirámide nuevecita detrás, lo que sugería que estaba más concurrida de lo que todos creíamos.

«Pero ahora no mira nadie», me alenté.

Mi obligación era perseguir y castigar todo delito que se cometiera en mi jurisdicción, y dentro de esa parcela un hombre aseguraba que intentaron matarlo a golpes.

«Hay indicios más que suficientes como para que entre sin pedir permiso».

Mi voz interior me convenció –y no era la primera vez– de que me pasara un poco de la raya.

Me dirigí hacia la puerta desvencijada de la mansión y, tras subir a paso ligero los escalones que precedían al porche, le propiné una patada con todas mis fuerzas; al ver cómo se abrió, me habría bastado con empujarla con la mano. Pisé el amplio recibidor y me deleité con la escalinata que ascendía a la segunda planta, revestida por un elegante tapizado rojo. Dado el estado de la fachada, creí que el interior estaría más desmejorado.

Pulsé el interruptor de la luz. «Obvio», pensé tras comprobar que la casa carecía de electricidad. Los muebles estaban cubiertos por sábanas, parecían fantasmas obesos. Se apreciaba más polvo que en una casa habitada, pero no tanto como para llevar más de veinte años abandonada. La mansión conservaba demasiado del esplendor del que sus propietarios, según tenía entendido, habían alardeado en el pasado.

Eché un rápido vistazo a las habitaciones, que no eran pocas, y encontré, por lo general, suelos de madera con mucho trote, retratos de hombres, mujeres y niños que no reconocí, chimeneas ennegrecidas, muebles protegidos con telas polvorientas y cortinas por las que se colaba la luz a través de sus desgarros y agujeros.

«Es raro que no haya retratos de los Waitman. Y el suelo está demasiado limpio –advertí desde el umbral de uno de los cuartos de baño de la segunda planta–. Podría utilizar este retrete ahora mismo».

Me extrañó la notable desigualdad de dejadez que existía entre unas habitaciones y otras. «Puede que los Waitman vengan de vez en cuando y solo usen ciertas habitaciones». Traté de convencerme de que deambulaba por una casa abandonada, pero allí dentro todo estaba envuelto de un misterio inquietante.

«Solo me falta revisar el sótano: la zona más siniestra de toda mansión que se precie».

Giré el pomo de la puerta, tras la que presentí que hallaría unas escaleras inclinadas. Y estuve en lo cierto. Sin embargo, no preví la densa oscuridad que apareció como un banco de nubes de tormenta y que no permitió ni siquiera ver sus últimos escalones.

«Mierda. No se ve nada. ¿A quién se le ocurre entrar en una mansión abandonada sin una linterna?».

Busqué un interruptor cerca del marco de la puerta.

Estaba a mi izquierda y lo pulsé sin esperanzas, pero una luz cegadora iluminó un gran sótano de paredes amarillentas. «Parece que por aquí el dorado está de moda», pensé.

Descendí los peldaños de madera hasta llegar al suelo de cemento. ¿Qué demonios era ese lugar?

Todo estaba reluciente y los muebles eran modernos. De la pared de enfrente colgaba una pizarra de corcho con un mapa del condado, donde podían verse chinchetas clavadas sobre varios puntos cercanos a Heaven Lost. Bajo la pizarra descubrí una mesa de metal repleta de objetos de lo más siniestros y variopintos: un puño americano, dos pasamontañas, un frasco con lo que parecía un feto humano, un busto de arcilla de la reina Nefertiti, un folleto de las Panteras Negras,[2] el dibujo a lápiz de un platillo volante…

«Pero ¿qué cojones es esta mierda? ¿Las Panteras Negras, el Antiguo Egipto, ovnis…? Aquí se ha planeado algo chungo y me temo que por unos lunáticos».

Me acerqué a un archivador de metal arrinconado. Abrí el primero de sus tres anchos cajones y encontré siete carpetas marcadas con nombres. Tres de ellos me helaron la sangre: Peter Mo-

---

2   Grupo radical que reivindicaba los derechos de la minoría afroamericana a finales de 1960.

rrison, Sophie y Laura Portman. Conocía bien la historia criminal de Heaven Lost y las desapariciones de esos tres niños eran, de lejos, lo más llamativo. En el interior de las dos carpetas –las niñas compartían una– había información sobre los niños: lugar de residencia, nombre de sus padres, lugares de trabajo, horarios, costumbres…

Abrí las carpetas restantes y descubrí más fotografías y datos de niños. Y tuve un doloroso –y lógico– presentimiento: todos debían de haber sido dados por desaparecidos y todos debían pertenecer a pueblos cercanos a Heaven Lost. ¿Habían sido los recortes del álbum una simple casualidad? Recordé también que Danai Sarkis había hablado de muerte y pederastia.

Eché un vistazo a mi alrededor: un sótano de paredes ocre con una pizarra de corcho y un mapa, una mesa llena de objetos raros y sin aparente conexión, un armario, un archivador…

«Es evidente que estoy en una especie de guarida con fines perversos».

Había que estudiar la sala a fondo. El asunto era jodidamente serio. Hablaría con mi predecesor para ver qué podía contarme sobre el caso Danai Sarkis.

–Manos a la obra.

Me disponía a llamar a mi ayudante cuando oí un corto estornudo. Desenfundé mi reglamentaria y encañoné el armario que había arrojado el inconfundible sonido.

–¡Sé que te escondes en el armario! ¡Sal con las manos en alto o lo acribillo contigo dentro!

–¡No dispare, *sheriff*!

La puerta se abrió lentamente y por ella asomó una cabeza.

«La madre que me…».

17

El descerebrado

Anfernee Scott

La noche anterior

–Busca una cosa en Google, *porfa* –rogó Anne cuando la *sheriff* cerró la puerta.

Antes de marcharse me hizo promesas que yo –a esas alturas no me fiaba ni de mi sombra– no tenía claro que fuera a cumplir. No obstante, su última frase, «llegaré al fondo de este asunto», prometía resultados.

Cogí el portátil y me lo coloqué sobre los muslos.

–Dime.

–Secta Antiguo Egipto.

Tecleé lo que me pedía Anne mientras ella desplazaba el trasero por los asientos de la cheslón hasta colocarlo al lado del mío.

–A ver… –susurró cuando aparecieron los primeros resultados.

«Las cinco sectas cristianas más raras de la antigüedad», «Sectas y movimientos religiosos antiguos», «Las siete sectas más peligrosas del mundo»…

Leímos el contenido de los diez primeros enlaces, pero no encontramos nada referente a sectas que usaran máscaras mortuorias, ojos de Horus, cruces ansadas o templos con forma de necrópolis egipcia.

–Prueba ahora con esto: «Secta Egipto pirámide».

Obedecí, pero obtuvimos un resultado similar.

–Veamos… –Se frotó el mentón, cejijunta–: «Secta basada en Egipto».

Todos nuestros intentos cayeron en saco roto. No parecía existir ninguna secta vinculada con el arte egipcio.

–Pues… ¿Sabes qué? –dijo impetuosa.

–No.

–Quiero ver esa pirámide.

–Pues ya sabes dónde encontrarla.

–¿En serio? ¿Vas a dejar que una dama indefensa se enfrente sola al peligro?

–No tengo intención de ir al encuentro de un tarado sediento de sangre.

–Del loco de la máscara me encargo yo. –Cogió el bolso y rebuscó en él, pero esta vez no sacó su teléfono móvil, sino una pequeña pistola que parecía de juguete–. Tómatelo como una excursión en busca de documentación para tu novela.

En otras circunstancias me habría escandalizado su propuesta. Solo un par de días antes la habría mandado a paseo; sin ir más lejos, mis padres murieron acribillados a balazos.

Pero Heaven Lost o, más bien, sus habitantes, habían logrado convertirme en algo cercano a un descerebrado.

18

La gota que colma

Sandra Leigh

A la mañana siguiente

Bajé el arma y ellos los brazos.

–¿Puede saberse qué coño hacéis ahí metidos? –pregunté indignada–. ¡Esto es una propiedad privada!

–Solo estábamos husmeando. –Anne trató de quitarle hierro al asunto–. Hemos venido a ver la famosa pirámide y... ¡Ya ves! ¡Nos hemos venido arriba!

–La madre que os parió. ¿Qué habéis visto?

–Nada –admitió el escritor. Anne asintió con la cabeza–. Acabábamos de entrar cuando hemos oído ruidos arriba. Hemos apagado la luz y nos hemos escondido en el armario. Luego ha entrado usted y... En fin. Lo sentimos, *sheriff*.

–Voy a penalizaros con una simple amonestación verbal, que es lo mismo que decir que voy a hacer la vista gorda –dije en tono distendido; no me apetecía hacer leña del árbol caído, bastante había pasado ya Scott–. Pero estáis castigados. Id a la Casa del Lago y esperadme allí. Tengo noticias que daros, noticias que, a usted en particular, señor Scott, no van a gustarle.

–¿Sobre?

–Sé quién dejó el móvil y el álbum en el desván.

–¿Quién?

–Los Wood.

El escritor no pareció sorprendido.

–Era lógico, ¿no? Habían estado en la casa aquel mismo día.

–Ya. Pero...

117

–Dispare.

–Edmund Freeman, su conocido agente literario, les pagó dos mil dólares a cambio de que montaran la escenita de bienvenida y lo del móvil y el álbum, para, según los Wood, devolverle a usted la inspiración.

Scott hizo una mueca de absoluto desconcierto.

–Sabía que era un hombre egoísta y avaricioso –se sinceró–, pero nunca pensé que pudiera caer tan bajo. Maldito hijo de… Esto es la gota que colma el vaso.

–No obstante, los Wood me han jurado que no tuvieron nada que ver con la pirámide, con los ojos de Horus ni con el percance que tuvo usted con el tipo de la máscara. Y os aseguro que lo que he encontrado hoy en este sótano hace que los crea. Lo de los Wood, sin ánimo de quitarle importancia, fue una travesura comparado con lo que parece que se ha tramado aquí dentro. Volved a la maldita Casa del Lago. Me pasaré por allí dentro de un par de horas, ahora tengo cosas más importantes que hacer. Y ni una palabra sobre esto a nadie, ¿eh?, o se acabaran las concesiones.

–Sí, *sheriff*.

–Claro, Sandra.

Pude ver la desilusión en los ojos de Anfernee Scott. En cambio, en los de Anne advertí un ferviente deseo de desentrañar los misterios que encerraba aquel sótano; unos secretos que, con el tiempo, todo el mundo conocería.

19

El cambio

Anfernee Scott

Cuando pisé por primera vez la casa de mi codicioso agente literario, lo hice en un estado acorde con el que acostumbraba a mostrar el lago: en calma. Sin embargo, un puñado de indeseables se había empecinado en lanzar piedras sobre mis aguas tranquilas y llenarlas de ondulaciones. Según la creencia popular, poner un pie en Heaven Lost me había costado el Paraíso. Tras los últimos acontecimientos, solo confiaba en recabar la información necesaria para acabar mi novela y alejarme sin mirar atrás. No creía en las brujas, pero sí en que algunos lugares están malditos.

Había accedido a la propuesta de Edmund porque creí que aquellos bosques, campos y aguas cristalinas romperían mi bloqueo. Y lograron su propósito, pero a cambio me trajeron una ansiedad digna de un soldado en guerra. Supongo que nada es gratis, que todo tiene un precio, pero ¿cuánto estaba dispuesto a pagar por la inspiración?

Mentí a la *sheriff*: vimos, y vimos mucho. Tal vez demasiado. Los datos del niño y las gemelas desaparecidas en Heaven Lost y los de otros, a quienes pude poner nombre gracias a los recortes que los Woods me remitieron por mandato de mi agente literario; el mapa con chinchetas marcando pueblos cercanos, el feto y el busto de la reina Nefertiti, el impreso propagandístico de las Panteras Negras y el dibujo de una nave espacial, los pasamontañas y el puño americano… Era consciente de que corría peligro husmeando por Heaven Lost. Sin embargo, fui incapaz de ignorar la recompensa que el pueblo parecía guardar para mí: una novela basada en hechos reales sin precedentes.

Preparé dos tazas de té. Tinta se paseó por nuestros pies, olfateándonos como si nos tuviera delante por primera vez. Anne parecía cansada. Hablamos de nuestras vidas mientras esperábamos a que apareciera Sandra Leigh. No podía quitarme de la cabeza lo que había tramado Edmund a mis espaldas, todo para volver a llenarse los bolsillos a costa de su representado más lucrativo.

—Supongo que tendré que dejar de vivir en esta casa —lamenté tras contarme Anne que sus padres residían en San Francisco—. No puedo quedarme después de lo de Edmund.

—Puedes vivir conmigo hasta que tengas claro el tema de la novela. La *sheriff* ya se habrá puesto manos a la obra, no he conocido mujer más testaruda y, además, está obligada, dado que eres uno de los implicados, a contarte lo que vaya averiguando. Es una historia demasiado buena para dejarla pasar, ¿no crees? Aún no sabemos qué función tiene la pirámide ni a quién o a quiénes pertenece, ni qué relación guarda con las desapariciones de los niños de Heaven Lost y los pueblos próximos. ¿Crees que en el manicomio donde está encerrada Danai Sarkis nos dejarían hablar con ella?

—Sobre lo de vivir en tu casa hasta que se aclaren las cosas, de acuerdo, ¿por qué no? Pero con una condición: yo me encargo de todos los gastos y, además, te pagaré el doble de lo acordado. Supongo que te parecerá un trato justo.

—Requetejustísimo.

—Lo imaginaba —dije mientras le guiñaba un ojo—. Sobre lo de visitar a Danai Sarkis… Sinceramente, creo que deberíamos esperar acontecimientos y no entrometernos en una investigación policial. Ahora mismo la *sheriff* sabe que no mentí y parece estar más que capacitada para desempeñar su trabajo.

Me sobrevino un deseo incontenible. Cogí el móvil, le rogué a Anne que guardara silencio y, seguidamente, llamé a mi agente literario.

—Hola, Anfernee —contestó Edmund en tono alegre. «Te voy a aguar la fiesta», pensé yo—. ¿Cómo lo llevas, *best seller*?

–Pues regular. No voy a andarme con rodeos, Edmund: me he enterado de que untaste a los Wood para que me motivaran, por decirlo de un modo elegante. Tu idea era astuta, lo admito, pero también retorcida e improcedente.

Hubo un largo silencio, que dejé correr, consciente de que Edmund trataba de encontrar la forma de salir airoso de su traspié.

–Tengo problemas económicos, Anfernee –confesó, sabedor de que no le quedaba otra–. Tengo dos hijos y mi mujer me dejará si se entera de que invertí mal nuestros ahorros.

–Siento oír eso, pero tus malas inversiones, sin duda fruto de tu avaricia, no son excusa para haber mandado a unos pobres ancianos a asustarme. No sé qué está pasando en Heaven Lost, pero tengo la sensación de que tú lo has desencadenado.

–No sé de qué estás hablando. Soy culpable de maquinar lo de las bicis, el móvil y los recortes, nada más. ¿Qué mal podía hacerte un poco de sugestión?

–¿Sugestión? ¡Me cago en todo, Edmund! ¡Joder! ¡Joder! ¡Estás despedido, jodeeeer!

Colgué, lancé el móvil furioso contra el sofá y rebotó en el respaldo para terminar por los suelos. La cara de Anne era un poema.

–Jo-der –susurró con los ojos abiertos de par en par.

–Lo siento. Es que a veces me puede el…

–Te entiendo. Tu agente se ha pasado tres pueblos.

–¿Preparo la maleta y a Tinta y nos vamos a tu casa? Tengo ganas de largarme de aquí.

–Claro.

–Por la gata no te preocupes. No se sube a ningún sitio y no araña muebles, ni cortinas, vamos, que se porta mejor que muchos humanos. Suelta pelos, pero los barreré y te lo compensaré de algún modo.

–A mí enséñame la pasta.

Anne sonreía mientras una escena de la película *Jerry Maguire* se paseaba por mi mente; no sé qué habría hecho sin ella.

–Tinta es mi amiga felina. Estaremos bien.

Me guiñó un ojo. El gesto cómplice me provocó sentimientos encontrados: agobio, pena, cariño, ilusión, miedo… Llevaba mucho trabajando con Edmund y despedirlo no me aportó la paz que presumí que me daría. El recuerdo de lo hallado en la mansión Waitman tampoco me ayudó a calmar, a lo que había que añadir el recuerdo de mis padres, que volvía a mí con más fuerza cuando las cosas se torcían. Lo único que me aportaba algo de tranquilidad era saber que podía contar con Anne, una chica a la que, en realidad, apenas conocía.

Ding, dong…

–Ya está aquí Sandra –presintió Anne mientras se incorporaba.

–A ver qué nos cuenta.

20

Las fotos

Sandra Leigh

Los Wood admitieron haber engañado a Scott a cambio de un incentivo. Programaron un móvil que tenían en desuso para que sonara en plena noche y además se entretuvieron recortando noticias de una montonera de periódicos antiguos que guardaban en el sótano por si algún día valían algo. Así lo pactaron con Edmund Freeman, quien me parecía una auténtica alimaña. Y así se lo transmití al damnificado, que tras escucharme se mostró interesado en conocer qué correctivo iba a aplicarle a los Wood.

Respondí calmada a sus inquietudes, pero sin medias tintas.

—¿Qué quiere que haga? ¿Meterlos en un calabozo por desvelarle en plena noche? Ni siquiera allanaron la casa, hombre. Olvídese de la maldita pirámide y del desgraciado de la máscara. Ellos no tuvieron nada que ver con eso. Son hechos separados. Estoy convencida. Son ancianos, por Dios. Necesitaban el dinero y aceptaron la propuesta de su agente, no vieron nada malo en ello. Incluso creyeron que le estaban haciendo un favor. ¿Sabe qué creo? Samuel debió de irse de la lengua en el bar de Joe, donde suele ir a beber cerveza. Habló de su llegada, cosa que su agente le prohibió, y algún desgraciado puso la oreja y vio algún tipo de oportunidad. Los Sarkis parecen estar en el ajo, sí, pero aún no sé qué pretenden. Lo único que sí sé es que hay un sótano donde parece que se han tramado secuestros de niños y que usted vio el cuerpo de una mujer aún por identificar. Aún es pronto para hablar de… —Estuve a punto de decir «crímenes», pero me contuve—. En el sótano hay trabajo para rato. Hablaré con mi predecesor, con los Waitman y probablemente con Danai Sarkis. Hasta entonces, estaos quietecitos. Ah, y pásese mañana por mi oficina, señor Scott. Llámeme diez minutos antes de llegar.

Abandoné la Casa del Lago y llamé a mi mujer por teléfono para avisarla de que no comería en casa. Los recientes descubrimientos habían conseguido quitarme el apetito: un logro al alcance de pocas cosas.

Conduje hacia el chalé de mi predecesor mientras mi ayudante clasificaba pruebas en un sótano.

Mientras dejaba atrás el letrero que indicaba que Heaven Lost se encontraba a dos kilómetros, pensé en que el sótano de la mansión era un buen lugar para tramar maldades. Apartado, escondido… y en una casa que todos creíamos abandonada.

Entonces caí en la cuenta: «¿Y dejas la puerta abierta del lugar donde planeas secuestros?».

Todo carecía del más mínimo sentido.

Jonny había estado montando guardia ante el taller de los Sarkis hasta que lo requerí para otros menesteres y me aseguró que Adhir no había pisado la calle durante el tiempo que lo había estado vigilando, lo cual era algo chocante tratándose de un hombre que acababa de salir de la cárcel.

Mi monotonía se había ido al traste. «Ten cuidado con lo que deseas», pensé apesadumbrada. Veía ojos de Horus donde solo había troncos y puntas de pirámides donde solo se alzaban copas de pinos. Mi mente arrojaba tétricas imágenes: el feto, los pasamontañas, las Panteras Negras, Nefertiti, el platillo volante…

El mundo ya no era el lugar tranquilo y brillante de un par de días atrás. Ahora veía sombras por doquier, como si condujera por un túnel sin fin. No podía evitar ponerme en lo peor: que un grupo de locos hubiera estado secuestrando y violando a niños en mi jurisdicción. Los gritos de Danai Sarkis reforzaban mis argumentos: «¡Buscad la pirámide!». Y, asimismo, lo redactado por mi predecesor: «Asegura que trataba de evitar que su marido adentrara a sus hijos en un mundo de muerte y pederastia».

Muerte, pederastia, niños, desaparecidos, puños americanos, pasamontañas, mapas y carpetas. La cabeza me daba vueltas. Tuve que parar en el arcén a tomar un poco el aire.

«Los Sarkis han de saber algo —medité mientras daba vueltas alrededor del coche patrulla, como si fuera un buitre sobre un montón de carroña–. Pero esos malnacidos no van a soltar prenda».

–¡Seré imbécil! –exclamé tras tomar conciencia de que había cometido varios errores.

Pateé el suelo como una niña pequeña, enfadada conmigo misma por no haber caído en la cuenta de quiénes fueron –al menos uno de ellos– los hombres que se habían hecho pasar por agentes de la ley ante el Rey del Misterio.

«Y tampoco le he enseñado a Scott la foto de la tumba de Patricia Colman. Joder, Sandra, céntrate», me exigí.

Volví a sentarme ante el volante y accedí desde la tableta a la base de datos de mi oficina. Hice un pantallazo de la fotografía del mediano de los hermanos Sarkis, Zac, con quien, sospechosamente, llevaba semanas sin cruzarme.

Sin perder un segundo, llamé a Anfernee Scott por teléfono.

–Dígame, *sheriff.*

–Voy a enviarle dos fotografías por mensaje. Quiero que me diga si conoce a la mujer y al hombre que aparecen en ellas.

–De acuerdo.

Sin colgar, le envié las imágenes.

–Ya puede echarles un vistazo. –El mutismo de Scott me hizo temer que se hubiera cortado la conexión–. ¿Está ahí, señor Scott?

–Sí, sí. Eh… A la mujer no la he visto en mi vida. Supongo que será la difunta Patricia Colman, ¿no?

–En efecto. ¿Y al hombre lo reconoce?

–Es Kevin Walker, el ayudante del *sheriff* Olsen.

No se molestó en matizar «falso ayudante». Para qué. A esas alturas sobraban los matices.

–Lo que me temía.

–¿Quién es realmente?

–Uno de los hermanos Sarkis. El mediano. Tú ya conoces a Elon y a Demond. Trabaja en el taller, pero llevo tiempo sin verlo por Heaven Lost.

–Parece evidente que los Sarkis no son trigo limpio.

–Eso ya lo sabíamos todos. Bueno, le llamaré si averiguo algo más.

–Se lo agradezco, *sheriff*.

21

El predecesor

Sandra Leigh

Mientras me apeaba del coche cavilaba cómo demonios había podido comprarse un chalé como ese cobrando gran parte de su vida el mismo sueldo que ganaba yo. ¿Habría recibido alguna herencia? Me importaba un bledo cómo había conseguido aquella bonita casa; de Morgan Reade solo me interesaba lo que pudiera contarme sobre los acontecimientos que condujeron a Danai Sarkis hasta la más absoluta de las locuras; solo una madre alienada del todo sería capaz de tratar de ahogar a toda su descendencia.

«Y ese desgraciado de Zac… Tengo que hablar con Demond y sonsacarle dónde se ha metido su hermano y por qué se hizo pasar por el ayudante del *sheriff*. ¿Y quién diablos era el otro tipo? ¿Y la mujer del bote?».

Tenía demasiados frentes abiertos. Si se confirmaban mis sospechas, tendría que avisar a los federales. Pero antes necesitaba encontrar alguna prueba contundente. Nada vinculaba a los Sarkis con el sótano ni con las desapariciones y, si quitábamos la palabra de Scott de la ecuación, ¿qué tenía? Un sótano con documentos y objetos raros. En ese preciso momento, mi ayudante estaba buscando pruebas en el sótano de la mansión Waitman y yo ni siquiera había puesto al tanto a sus propietarios.

Llamé a Lara y le pedí que buscara el número de teléfono de Elisa o Robert Waitman o el de alguno de sus hijos. No tenía la menor idea del paradero de ninguno de ellos, ni siquiera si seguían con vida. Colgué a mi ayudante y de inmediato pulsé el botón del portero automático, adherido al muro que rodeaba la parcela.

—Hola, *sheriff* —saludó Morgan tras descubrir mi rostro a través de la cámara del aparato—. ¿Entra a pie o en coche?

—A pie.

Oí el característico sonido que te avisa de que una puerta acaba de abrirse a distancia. Accedí al jardín y encontré a Morgan esperándome sonriente en el porche.

«Lo lamento, pero voy a borrarte esa sonrisa de la cara».

Presentí que Heaven Lost no tardaría en llenarse de oficiales de policía, periodistas y algún que otro detective de homicidios. Aún conservaba la esperanza de que todo se debiera a una broma macabra o a un grupo de friquis amantes de los crímenes y el Antiguo Egipto. No obstante, confiar en que todo diera un giro hacia lo benigno se me antojaba una necedad.

Notaba en el ambiente que algo terrible se precipitaba sobre Heaven Lost.

Morgan me observó avanzar por el camino adoquinado que conducía a las apaisadas escaleras que precedían a la puerta entreabierta de su vivienda.

—¿Qué la trae por mi humilde morada, *sheriff*? —me preguntó, entretanto, con un ademán de la mano, me invitaba a pasar.

—Me gustaría hacerle un par de preguntas sobre Danai Sarkis y la mansión Waitman.

Su semblante dejó de mostrar apacibilidad para exteriorizar una patente inquietud, algo que no me originó desconfianza: recordar momentos terribles le tuerce el gesto a cualquiera.

—Vayamos al salón; hablemos allí de lo que sea que te preocupa.

Morgan volvió a sonreír, si bien esta vez percibí su gesto forzado. Su perilla canosa, sus labios afilados, sus penetrantes ojos azules y su nariz de tabique fino, sumado a un porte envidiable para tratarse de un septuagenario, le daban un aire de distinción, como si estuvieras delante del soberano de un reino antiguo.

—¿Quieres un café? ¿Tal vez un refresco? —ofreció mientras me acomodaba en el sofá rojo de su gran salón de paredes de tonos tostados.

—No, gracias. Estoy bien.

No era la primera vez que estaba entre aquellos muebles destinados al descanso o la reunión, como el sillón donde acabó sentándose él o las sillas que rodeaban la mesa de madera de pino situada ante una estantería llena de libros. El sol entraba por los ventanales, bañándolo todo de un sutil dorado, gracias en parte a las amarillentas cortinas que recorrían la extensa pared que se alargaba tras el sofá donde me había sentado yo, dispuesta a hacer preguntas de índole extraña.

Consideraba a Morgan Reade un hombre moralmente justo. Durante mi primer año como *sheriff* visité aquella casa en más de una ocasión, siempre en busca de consejo, y Morgan me lo ofreció sin reserva. Allí dentro se respiraba paz, cierto, pero en mi interior ya se había declarado una guerra.

«Solo espero tener una casa así cuando me jubile», pensé antes de empezar la entrevista.

—Hábleme de Danai Sarkis. Supongo que la interrogó cuando perdió la cabeza. —Asintió con calma—. ¿Qué le dijo? El informe que redactó por aquel entonces no es demasiado extenso.

—¿Por qué me preguntas eso ahora, después de tanto tiempo?

—Se lo contaré después, pero de momento no quiero sugestionarlo.

—Pues…, no hay mucho que contar. Adhir Sarkis me llamó alteradísimo. Acababa de llamar a una ambulancia y me rogó que fuera a su casa a arrestar a su mujer. Al llegar encontré la puerta entreabierta, así que entré al grito de «¡¿Adhir?!», pero nadie contestó. Al acceder al salón fue cuando encontré el desastre. Ella estaba con las mangas mojadas y los ojos inyectados en sangre, observando cómo su marido le aplicaba a su hijo Elon, que estaba tumbado desnudo en el suelo con el pelo empapado, los primeros auxilios como meramente podía. Zac y Demond se encontraban en sus respectivos cuartos. Te puedo asegurar, Sandra, que no he vuelto a ver unas caras tan asustadas. Pero lo que más me impactó, y me privó de un buen descanso durante meses, fueron los susurros de Danai. «Que al menos se salve uno», le pedía a Dios mientras observaba cómo su marido trataba de reanimar a su hijo pequeño. Adhir, sin dejar de presionar el pecho de su hijo, me rogó que me la llevara de allí. «¡Ha intentado matar a todos mis hijos! ¡Quítala de mi vista o no respondo de mis actos!», me decía. Poco después de que la esposara llegaron los paramédicos y…

–¿Y qué le dijo durante el interrogatorio?

–Disparates. Aquello no pudo considerarse un interrogatorio, sino más bien una sesión de delirios.

Morgan parecía dispuesto a hacer que le tirara de la lengua.

–¿Trató de excusarse de algún modo?

–Tanto como excusarse… Decía que trataba de apartar a sus hijos de su marido, porque Adhir era el mal personificado. Esa mujer no estaba en sus cabales. Hablaba en susurros, con la mirada perdida.

–¿Pronunció la palabra «secta»?

–No, que yo recuerde.

–Ya. Pero usted escribió en el informe las palabras «muerte» y «pederastia».

–Aseguró que sus hijos estaban en peligro, pero no recuerdo qué palabras usó exactamente.

–«Trataba de evitar que mi marido adentrara a mis hijos en un mundo de muerte y pederastia» –le recordé la frase que redactó por aquel entonces.

–Si en el informe pone eso…

–¿Le habló de una pirámide?

–Cuando la saqué esposada de su casa, les rogó a gritos a los vecinos agolpados que buscaran una pirámide. Luego, más calmada, me lo pidió también a mí. Pero, insisto, aquello fue más una sesión de sinsentidos que un interrogatorio. Recuerdo que me costaba entenderla. Si te soy sincero, pensaba que encontraría el modo de suicidarse en cuanto pisara la cárcel.

—Pero no lo hizo.

—No. Que yo sepa sigue encerrada en un centro psiquiátrico penitenciario.

—¿La visitó en dicho centro?

—¿Yo? ¿Para qué? Se la juzgó y se dictaminó que estaba enferma. Punto final.

—¿Buscó la pirámide?

—Si hubiera una pirámide en alguna parte, ¿crees que nadie la habría visto? ¡Claro que no busqué ninguna pirámide!

Su airada contestación y su incapacidad de mirarme a los ojos, algo que nunca había apreciado en Morgan, me llevaron a pensar que trataba de proteger a alguien.

—Mira, Sandra —prosiguió con aire paternalista—, no sé qué andas buscando, pero ándate con cuidado.

¿Podía una simple frase llegar a abrirte los ojos? Aquel día descubrí que sí.

—Ni siquiera te he contado por qué estoy aquí ¿y me vienes con esas? ¿Me adviertes de un peligro sin tener ni idea de lo que investigo?

—Solo digo que a veces es mejor mirar para otro lado.

—¿En serio? ¡Me cago en la puta!

Me levanté furiosa; empezaba a estar harta de tanta incertidumbre, de tanta sombra acechándome por todas partes. Morgan hizo una mueca de descontento, que me dejó claro que se arrepentía de haber hablado más de la cuenta.

«Empiezo a entender cómo pudiste comprar esta casa».

—Tengo el presentimiento de que sabes por qué me he presentado hoy aquí con preguntas sobre intentos de asesinato y pirámides. Ten algo claro, Morgan: me llevaré por delante a quien haga falta con tal de llegar al fondo de este asunto.

Caminé fatigada hacia la puerta de salida. Pero antes de abandonar el salón oí su voz a mi espalda.

–Espera.

Me detuve y lo miré de soslayo. Permanecía donde había estado, tan cómodamente sentado. Entonces escuché a mi predecesor por última vez:

–Tarde o temprano te encontrarás entre la espada y la pared. Y, como yo, espero que elijas la vida.

22

La llamada

Sandra Leigh

Estaba convencida de que mi predecesor había ignorado asuntos turbios. Su frase de despedida me dio a entender que años atrás alguien le había puesto los huevos por corbata. La cuestión era: ¿quién pudo forzarlo a incumplir su juramento?

Lo primero que me vino a la mente fueron los culpables de las desapariciones de Sophie y Laura Portman en 1999 y de Peter Morrison en 2001. No obstante, me negaba a considerar a Morgan, un hombre que me había ayudado tanto, capaz de ocultar información sobre delitos tan graves. No tenía pruebas de su posible cohecho, solo una frase lapidaria cubierta de contingencias. Pero estaba decidida a conseguirlas. Me había prometido a mí misma que resolvería los crímenes que se habían cometido en Heaven Lost.

Llamé a Jonny por radio nada más entrar en el coche.

–¿Cómo lo llevas?

–Lo tengo casi listo.

–¿Ya?

–Es que no era tanto como parecía. En el armario, por ejemplo, solo he encontrado una escoba y un recogedor, y lo demás... bueno, dejando aparte el archivador y lo que había encima de la mesa, podría decirse que estaba limpio. El mapa he decidido dejarlo donde está, si a usted le parece bien. Precintaré ambas puertas, la del sótano y la de entrada. Calculo que, en un par de horas, lo tendrá todo ordenadito sobre la mesa de pruebas.

–Excelente, Jonny. Y, sí, no toques el mapa, que es lo más delicado. Si llegas a la oficina antes que yo, dile a Lara que averi-

133

güe quién puso la luz del sótano; alguien tiene que estar pagando las facturas.

—Me juego lo que quiera a que se trata de una empresa fantasma, o tal vez haya paneles solares ocultos en el tejado.

—Ya veremos.

—Hasta luego, jefa.

—Hasta después.

La «mesa de pruebas» a la que se refería Jonny no era otra cosa que un tablero horizontal sostenido por cuatro patas sobre el que poníamos los objetos relacionados con los casos que investigábamos para su estudio. Tildarlos de «casos», no obstante, podía resultar un poco «venirse arriba». Pero de algún modo teníamos que llamarlos. Nuestro trabajo solía consistir en estudiar denuncias por ruidos, riñas entre vecinos, peleas en bares y algún que otro allanamiento.

Abandoné la casa de Morgan Reade sintiéndome agotada, tanto moral como físicamente.

Me merecía un descanso, así que decidí pasar por la cafetería de Rose de camino a la oficina para tomarme un capuchino y, de paso, como quien no quiere la cosa, preguntarle sobre pirámides construidas por la zona, secuestros de niños y lugareños que hubieran pertenecido a las Panteras Negras. Después, a buen recaudo en mis dependencias, y como colofón a un día de perros, trataría de poner orden al caos de posibilidades que rondaban mi cabeza.

Pero Rose no pudo ayudarme, solo logró calmar mis ánimos con una bebida caliente. Llegué a la oficina cuando faltaban ocho minutos para que dieran las siete.

«Treinta días más como este y me quedo hecha una sílfide», cavilé mientras empujaba la puerta de cristal rotulada con mi número de móvil y el de mis ayudantes.

—Hola, Lara.

—Hola, jefa —me saludó desde detrás del mostrador.

La recepción estaba limpia de contribuyentes; un hecho que agradecí.

Cerré la oficina con llave y bajé una a una las persianas venecianas, hasta cubrir por completo los ventanales que hacían de fachada, y después ajusté el ángulo de las lamas para que no entrara ni una gota de luz en la recepción.

–¿Cerramos ya? –preguntó Lara con expresión ceñuda.

–De cara al público. Que nos llamen al móvil si tienen problemas graves. –Empezaba a notarme peligrosamente irritable–. ¿Jonny aún no ha llegado?

–Sí. Está metiendo las pruebas por la puerta de atrás. ¿Este asunto es…?

–¿Perturbador?

–Iba a decir «acojonante», pero «perturbador» también lo define bien.

–¿Has conseguido el número de teléfono de los Waitman?

–Sí. Pero antes de que le explique lo que he averiguado será mejor que se siente.

–Ay, Dios, ¿y ahora qué?

–Pues…

Entré en mi despacho, dejando a Lara con la palabra en la boca –el estrés me carcomía por dentro–, y me dejé caer sobre mi silla giratoria. «Debería haberme hecho repostera, joder», pensé mientras miraba la foto enmarcada de Lucy que tenía sobre mi mesa. Lara entró poco después y se acomodó en uno de los asientos situados al otro lado del tablero de color cedro, rebosante de documentos y material de oficina.

–¿Sigo? –preguntó en voz baja, consciente de que no estaba teniendo un buen día.

–Adelante.

–He contactado con el Servicio Interno de Impuestos. Los hijos de Elisa y Robert Waitman cedieron esa parte de la herencia, la mansión, a favor de otra persona.

–¿Otra persona? Entonces, ¿los Waitman murieron y sus hijos regalaron la mansión? ¿Por qué?

–Eso no consta, como entenderá.

–¿Y a quién demonios se la cedieron?

–A Adhir Sarkis.

De no haber estado sentada, como había temido Lara antes de ilustrarme, me habría caído de culo.

–Esos hijos de mala madre me han estado mintiendo a la cara. Si la mansión está a nombre de Adhir, la pirámide es suya. Y también lo que encontramos en su sótano. Darán cuenta de ello. Es más: voy a detener a ese majadero. De la *sheriff* de Heaven Lost no se ríe ni su puta madre.

–¿Ahora mismo?

–Sí. Estoy cansada de tanto misterio.

–Entiendo su frustración, pero… Después de seis horas de retención deberemos acusarlo o ponerlo en libertad.

–¿Y? Solo voy a ponerle un poco de los nervios. Los Sarkis son unos bocazas: aprovechemos ese factor. Unas cuantas preguntas embarazosas tal vez suelten su lengua viperina.

–¿Y si se niega a hablar?

–Pues lo dejaremos castigado seis horas en la sala de interrogatorios.

–¿Y no sería mejor llamar a los federales? Esto se nos está yendo de las manos, ¿no cree?

Respiré hondo y barajé todas las posibilidades. Justo entonces, Jonny asomó la cabeza por la puerta del despacho.

–Las pruebas están sobre la mesa –anunció sin saludar.

–Entra y siéntate, joder; no te quedes ahí mirándome como un pasmarote.

Obedeció, como siempre, diligente.

–Hemos de profundizar un poco más en el asunto antes de avisar a los federales –expliqué en cuanto Jonny estuvo al lado de su compañera–. No quiero que lleguen, empiecen a hacer preguntas que no sepamos contestar y nos vean como a unos paletos incompetentes. Aquí no desaparece nadie desde 2001 y yo me debo a Heaven Lost. En principio, en este pueblo nadie corre peligro. Al menos no inminente. Le pediré amablemente a Adhir que me explique por qué hemos encontrado datos de niños desaparecidos en el sótano de su mansión, le pediré que nos abra la pirámide de los cojones y que nos ponga en contacto con su hijo Zac, quien se hizo pasar por el ayudante del *sheriff* de Heaven Lost. O sea, tú. –Señalé a Jonny con el mentón, que no pudo evitar sonreír aun con lo truculento del tema–. Mañana a primera hora le mostraré fotos de mujeres desaparecidas a Anfernee Scott, a ver si entre ellas reconoce a la que encontró dentro del bote, a quien, para más inri, se llevaron el *sheriff* de pega y su ayudante. Por la tarde viajaré al centro psiquiátrico penitenciario donde está recluida Danai Sarkis para ver si saco algo en claro.

Miré a Jonny y Lara con los ojos entrecerrados mientras ellos se limitaban a guardar silencio.

–¿Qué os parece mi plan de actuación?

–Que mañana no le va a dar tiempo a hacer todo eso ni aunque se multiplique. Y, nosotros, mientras tanto, ¿qué hacemos? –preguntó Jonny.

–Seguid como si nada. No podemos dejar desatendidos a nuestros vecinos. A esta oficina le falta personal, es un hecho, así que no nos queda otra que apañarnos con lo que tenemos. Después de esto pediré un par de ayudantes extra, os lo prometo. En fin… En un par de días, si todo va bien, me pondré en contacto con los federales y les contaré lo que sabemos y lo que hayamos averiguado a partir de ahora. Nosotros cumpliremos con nuestra parte, que ellos hagan el resto.

–De acuerdo –acató Jonny.

Lara asintió con la cabeza.

Me disponía a estudiar las pruebas que mi ayudante había organizado sobre nuestra mesa para tales menesteres, cuando sonó mi móvil, provocando que mi espalda volviera a pegarse al respaldo de la silla.

Miré la pantalla y fruncí el ceño.

—Es Anfernee Scott.

Contesté a la llamada que lo cambiaría todo.

—Dígame, Scott.

—Creo saber quién o, más bien quiénes están detrás de los secuestros, los engaños, el cadáver…, de los misterios que esconde la mansión Waitman.

«La mansión Sarkis», pensé.

—¿Puede acercarse a mi oficina y contarme con calma lo que haya averiguado?

—Por supuesto.

23

Las palabras

Anfernee Scott

Una hora antes

Sin apenas darme cuenta, Tinta y yo pasamos de habitar una casa entre bosques con vistas a un lago a vivir en un adosado de fachada de piedra con flores en las ventanas y vistas a una calle cualquiera, según Anne, poco transitada. Allí, con ella a mi lado y vecinos cerca, me sentí más protegido que en la Casa del Lago, que, si bien se hallaba alejada del mundanal ruido, también peligrosamente cerca de la mansión Waitman.

«Puede que por eso la *sheriff* quiera que me pase mañana por su oficina: queda mucho por investigar y yo soy el único que vio el cadáver y a los dos imbéciles que me tomaron por tonto», pensé, sentado en el sofá del salón de Anne, mientras ella preparaba dos infusiones en la cocina y Tinta seguía con su misión de reconocimiento.

Su casa estaba amueblada y decorada con un gusto exquisito. Un hogar sencillo –ninguna de sus tres plantas superaba los cuarenta metros–, pero sumamente acogedor. La uniformidad de colores tostados transmitía paz: justo lo que necesitaba para escribir. La decoración era de un evidente estilo tribal, donde los estampados realizados a mano o los materiales como la rafia y el bambú y las figuras talladas en madera o forjadas en hierro le aportaban un toque salvaje. Los suelos de madera, así como las paredes y los muebles, oscilaban del marrón claro, casi beis, al marrón oscuro, casi negro. Desde afuera podía parecer una casa de estética desfasada, pero por dentro, al igual que su dueña, destilaba personalidad.

Tras darme mi infusión, Anne dejó su taza sobre la mesa de centro.

–Voy a por mi tableta. Preparando las infusiones he caído en la cuenta de que ahora tenemos más palabras.

–¿Más palabras? Me he perdido.

–Espera y verás, escritor.

Se ausentó unos pocos segundos.

–Mira. –De nuevo a mi lado, abrió el buscador de su tableta y se dispuso a indagar–. Hoy, como venía diciéndote, sabemos más que ayer, y eso significa más combinaciones de palabras. ¿Lo entiendes ahora?

–Sí, señorita bibliotecaria.

Sonrió suavemente, tecleó «Secta ovni Panteras Negras pederastia» y pulsó la tecla *enter*. El primer resultado parecía prometedor: «Eddie González, legionario, pederasta y líder de la secta alienígena Edelweiss».

–Entra en ese resultado –propuse.

Me hizo caso y, una vez en la noticia, leímos:

«Juro por mi honor luchar y pertenecer a la Guardia de Hierro de Delhais hasta mi muerte, defendiendo 3 conceptos fundamentales y universales: amor, justicia y libertad, aplicándolos a mí mismo, caminando por el sendero de la verdad, hasta que alcance la perfección en el planeta Delhais, al servicio de mi príncipe, el Gran Alain».

Este era el juramento que todos los futuros integrantes de Edelweiss formulaban para poder convertirse en miembros del supuesto club de montaña con una creencia en planetas extraterrestres y ovnis. Su líder, Eduardo González Arenas –más conocido como Eddie–, utilizó esta asociación de ocio en Madrid a modo de secta para abusar sexualmente de niños menores de edad. Más de 400 pasaron por la Asociación Juvenil de Montaña Edelweiss, también denominada Boinas Verdes de Edelweiss.

Lo que aparentemente funcionaba como una inofensiva agrupación de corte militar que se dedicaba a realizar excursiones para conocer la naturaleza, escondía una peligrosa secta que operó en España a espaldas de la justicia durante treinta años. Un caso que traumatizó a la opinión pública y que dejó tras de sí a centenares de víctimas. Los niños fueron pasando por las sedes que su «anfitrión» iba abriendo a medida que el escándalo lo perseguía. Solía utilizar salas de parroquias y colegios de renombre en la capital española para pasar desapercibido. Cuando la Policía destapó el *modus operandi* de este pederasta y legionario, se percataron de que algunas víctimas también habían adquirido el rol de verdugos. La secta les había lavado el cerebro...

Dejé de leer más o menos por la mitad del artículo.

—No me cuadra que unos españoles perturbados secuestraran a niños estadounidenses. Gracias a los recortes que me facilitaron los Wood, sé que las desapariciones por la zona empezaron sobre los años noventa. En principio, claro. Y ese tarado de Eddie se está pudriendo en una cárcel española —suspiré—. Pincha en el siguiente enlace, si eres tan amable.

Anne asintió y sonrió de nuevo; sus sonrisas reanimaban mi espíritu, golpeado cada poco por situaciones como aquella, de fondo pesimista. Seguidamente, clicó sobre la frase resaltada en azul: «Nuwaubianismo: secta que busca la supremacía...».

Lo primero que leí de aquel artículo consiguió ponerme los pelos de punta:

El nuwaubianismo era una secta religiosa de origen estadounidense que planteaba imponer el predominio de la raza negra en Estados Unidos y en el mundo. Se caracterizaba por promover aspectos tan diversos como los reclamos raciales, los extraterrestres, la criptozoología para probar la existencia de animales extintos, los ovnis, la pederastia, el supremacismo blanco, el arte egipcio...

–Arte egipcio, ovnis, pederastia… –susurró Anne con evidente zozobra–. Se ajusta como un guante a lo que vimos en el sótano de la mansión.

–Dios santo. Entonces, Adhir Sarkis era seguidor del nuwaubianismo, su mujer lo descubrió y…

–Es una posibilidad más que válida. No sé si te has fijado, pero hablan de la secta en pasado. ¿Crees que los Sarkis están intentando revivirla?

–Podría ser. Supongo que aún es pronto, pero… Leamos el artículo hasta el final.

Pocas lecturas me habían embebido de aquella manera:

Se trataba de un movimiento que derivaba sus preceptos fundamentalmente de la agrupación Nación del Islam, organización religiosa y sociopolítica que buscaba hacer renacer la conciencia espiritual, mental, social y económica de la población afroamericana, así como también del grupo de los Musulmanes Negros, que fue un movimiento religioso-nacionalista de la comunidad negra estadounidense. Asimismo, esta secta mostró que estaba influida por el shaverismo, que es la teoría de conspiración lanzada por el escritor Richard Sharpe Shaver, que planteaba la existencia de una raza humanoide mutante con alta tecnología que vive bajo tierra y que comete atrocidades contra la humanidad.
El fundador del nuwaubianismo fue Dwight York, músico, escritor y líder nacionalista afroamericano, cuya historia resalta por el juicio y condena a la que fue sentenciado por abuso sexual infantil y por tenencia de sustancias ilegales. York nació en Boston el 26 de junio de 1945, pero el propio York afirmó en varias ocasiones que lo hizo en Sudán y que era hijo de un noble príncipe sudanés y una madre egipcia. York contó que en una ocasión viajó con su padre a Egipto para estudiar el islam, pues su progenitor era un predicador de esta religión entre las tribus nu-

bias, que son del grupo etnolingüístico del sur de Egipto y norte de Sudán. York participaría de esas prédicas.

Más tarde, siendo adolescente, volvió a Estados Unidos, donde comenzó su ministerio espiritual a finales de 1960 y, a partir de 1967 inició su predicación en un grupo en Brooklyn al que llamó Panafricana, cuyos miembros se denominaban nubios, en referencia a los afroamericanos. Fundó el nuwaubianismo ese mismo año, 1967, en la ciudad de Nueva York, en la que implantó conceptos tales como que el mundo estaba dominado por una serie de seres mutantes tipo reptil, que la raza negra era de origen extraterrestre, mientras que la blanca solo un experimento genético fallido. En 1964 York fue noticia al ser detenido por violar a una niña de 13 años, delito del cual se declaró culpable, por lo que años después se le otorgó la libertad condicional. Sin embargo, al poco de salir de la cárcel lo encontraron en posesión de un arma y drogas, lo que motivó que fuera encarcelado, de nuevo, durante tres años. Al cumplir la condena se incorporó al movimiento de las Panteras Negras, organización política nacionalista de miembros de raza negra, comunista y revolucionaria, que estuvo activa en Estados Unidos entre 1966 y 1982. También tuvo una breve carrera como cantante de música hip-hop.

Finalmente, en 2004, fue condenado a 135 años de prisión por más de 100 casos de abuso sexual a niños de hasta cuatro años, que en su mayoría eran miembros de su secta. En la actualidad York cumple condena en ADX Florence, prisión federal de máxima seguridad en el condado de Fremont, en Colorado.

Hice una pausa para recobrar el aliento.

«Si la pirámide la construyeron unos nuwaubianos –pensé exaltado–, lo que ocurre en Heaven Lost es más serio de lo que pensábamos, y no es que nos lo estuviéramos tomando a broma».

Proseguí leyendo mientras Anne, con los ojos extasiados, hacía lo propio. Según el artículo, a Dwight York se lo consideraba un dios viviente en quien se habría reencarnado Melquisedec, el arcángel Gabriel y Jesús, entre otros. Sus locos seguidores creían que nació en el planeta Rizq y que habría llegado a la Tierra en 1952 en una nave espacial llamada Nibiru, que los blancos creyeron que era el cometa Bennett.

Leí despropósitos –no entendía cómo alguien podía creerse aquella sarta de tonterías– hasta que llegué al último párrafo, que nos abrió los ojos:

Para honrar a su creador, la secta construyó Tama-Re, un pueblo temático ambientado en Egipto con capacidad para albergar a unos cien seguidores, quienes podrían vivir allí según las costumbres egipcias. Fue construido en el condado de Putnam, en el estado de Georgia, con las típicas y peculiares características arquitectónicas egipcias. Se incluía, entre ellas, dos pirámides de doce metros de altura, una negra y otra dorada. Asimismo, se podían observar obeliscos, estatuas de dioses faraónicos y una esfinge. Para acceder al pueblo se construyó una carretera en cuya entrada se habían colocado unas cabezas de carnero, emulando la avenida que enlaza los templos de Luxor y Karnak dedicados a Amón en el propio Egipto.

Al final del artículo encontré la imagen de un recorte de periódico donde aparecía el pederasta confeso, Dwight York, a la salida de los juzgados donde lo acababan de condenar a más de cien años de prisión. Con el pelo corto y una barba tan blanca como sus dientes, que contrastaban con el oscuro de su piel, York mostraba a la cámara una amplia y siniestra sonrisa, aparentemente orgulloso de ser un loco violador de niños. Bajo custodia policial, esposado, vistiendo el característico uniforme naranja, consiguió helarme la sangre en las venas.

«No puede hacernos daño –me consolé–. Al menos no con sus propias manos».

Observé las demás imágenes que acompañaban al artículo: un folleto de las Panteras Negras que rezaba «Todo el poder para el pueblo», una fotografía de lo que parecía una procesión o un desfile, donde el mismo York y otros afroamericanos desfilaban con turbantes y túnicas blancas en torno a carteles que mostraban jeroglíficos como los que había encontrado grabados en la pirámide...

Que el artículo citara a las Panteras Negras y hablara de edificios con las típicas y peculiares características arquitectónicas egipcias logró convencerme de una terrorífica verdad: quienes habían lanzado un cadáver al interior de un bote, así como los hombres que se habían hecho pasar por agentes de la ley –uno de ellos de apellido Sarkis–, eran nuwaubianos.

Tragué saliva y hablé, tratando de no entrecortarme:

–¿Por eso hay tantos afroamericanos en el pueblo? ¿Los nuwaubianos han montado aquí una sede oculta de la secta?

Me costaba creer mis propias deducciones.

–Y en internet dice –añadió Anne–, que Al Sharpton, uno de los activistas por los derechos civiles más importantes de los Estados Unidos y candidato para la nominación presidencial por el Partido Demócrata, siempre ha defendido a esta secta. Y que, en ocasiones, el actor Wesley Snipes ha sido asociado con el nuwaubianismo, aunque tanto como él como su representante siempre lo han negado. Y que el rapero MF DOOM era seguidor de las enseñanzas del líder del movimiento de York. Me sorprende que nunca hayamos oído hablar de esta secta de supremacía negra. Por lo visto, tuvo bastante repercusión entre 1995 y 2005.

–Es una locura. Mezclan tantas creencias, el rastafarismo, la ciencia ficción, la nueva era, la ufología, el nacionalismo negro, rejuntando la influencia de personajes como Mirza Ghulam Ahmad y Richard Sharpe Shaver, que cuesta entender cómo alguien puede tomársela en serio.

–Si te clavan un marcador de ganado entre las cejas, da igual quién lo blanda y lo ridículas que sean sus creencias, ¿no crees?

La cuestión es que la palmas. Me da igual lo que crean esos tarados. Lo único que me importa de los nuwaubianos es que son violentos y que fomentan la violación, sobre todo de niños.

Con un nudo en el estómago, decidí que debíamos poner en sobre aviso a la *sheriff*. Milenarismo, supremacismo, extraterrestres, criptozoología, arte egipcio, pederastia… Estados Unidos era un campo abonado para este tipo de sectas religiosas, dignas de una película.

O de una novela basada en hechos reales escrita por Anfernee Scott.

24

La secta

Sandra Leigh

Estudiaba los objetos embolsados sobre la mesa del almacén de pruebas, con las manos enguantadas y los brazos en jarra, cuando advertí que alguien llamaba con los nudillos a la puerta.

Era demasiado pronto para que fuesen Jonny y Lara. «Ha de ser Scott», intuí.

Caminé de un humor sombrío hasta la recepción.

—Parecéis uña y carne —dije nada más ver quién llamaba—. Pensaba que vendría usted solo.

—¿Te molesto o qué? —preguntó Anne de malos modos mientras, ni corta ni perezosa, accedía a la recepción. Conocía bien sus prontos.

—Solo digo que no os esperaba juntos. ¿Estáis...?

—No somos pareja, si es lo que pregunta —me explicó Scott tras hacer un gesto de disgusto—. Estoy pasando unos días en su casa. Cuando tenga claro los pasos que debo tomar, literariamente hablando, me largaré. Y le aseguro, *sheriff*, que no volverá a verme el pelo.

No me extrañó que le hubiera cogido manía al pueblo.

—Pasemos a mi despacho.

Nada más sentarme en mi silla de piel negra, me dirigí a ellos, que estaban al otro lado de la mesa revuelta. Tenía ganas de descubrir.

—Contadme. Según vosotros, ¿quiénes están detrás de las desapariciones?

—Una secta —soltó Anne sin preámbulos.

—No puedo decir que me sorprenda. ¿Y qué busca dicha secta?

–Uf… –Scott resopló como un búfalo cabreado–. Es difícil resumir las creencias del nuwaubianismo. –Lo dejé explayarse, no entendía a qué se refería–. Es un disparate, un cúmulo de pensamientos sin sentido que a veces incluso se contradicen. No obstante, no por ello tenemos que tomárnoslo a broma: su fundador está pudriéndose en una cárcel de máxima seguridad, un pederasta de cuidado al que sus seguidores le erigieron un pueblo temático ambientado en Egipto, con dos pirámides de doce metros de altura. Los vínculos con lo que encontramos en el sótano son abrumadores.

–Pero usted me aseguró que no les dio tiempo a ver nada. En el sótano, digo.

Scott tragó saliva, como quien acaba de ser pillado con las manos en la masa.

–Mentí.

–Mentir a un agente de la ley es un delito.

–Lo siento.

–¿Y tú qué? –Miré fijamente a los ojos de Anne–. Siguiéndole el rollo, ¿eh?

–Me paga una pasta gansa por ayudarlo. ¿Qué querías que hiciera?

Se encogió de hombros con cara de guasa; a veces costaba tomarse en serio a esa mujer.

–Vaya dos para un museo. –Negué con la cabeza. No sabía si reír o llorar–. Lo pasaré por alto, otra vez, porque habéis confesado y estáis aquí dispuestos a ayudar. Pero, por Dios, dejad de entrometeros. Yo investigo y vosotros me aplaudís como un par de focas, ¿queda claro?

Los dos asintieron con gesto arrepentido, como dos hermanos traviesos a los que sus padres están regañando. No obstante, presentí que sus acatamientos no eran más que paripés y que no tardarían en volver a las andadas.

Scott desbloqueó su móvil, se incorporó y se inclinó sobre mi mesa para entregármelo; parecía evidente que lo llevaba preparado para enseñarme algo.

—Ahora lea y alucine.

Señaló con el dedo índice el punto exacto donde quería que empezara a pasar la vista, arrugó la nariz como si el aparato desprendiera un olor desagradable y volvió a sentarse al lado de su inseparable compañera de correrías.

Entre las creencias básicas del nuwaubianismo están:

- Dwight York es un dios viviente, reencarnación de Melquisedec, el arcángel Gabriel y Jesús, entre otros.
- Dwight York es el Mahdi esperado por el islam.
- Los blancos han lanzado el «hechizo de Leviatán» (Satán) contra los negros para mantenerlos sumidos en la ignorancia.
- Los nubios o melanitas (la raza negra) son una raza superior a las demás.
- Los mongoloides y los blancos son razas inferiores degeneradas de los negros, especialmente en el caso de la raza blanca, la raza más inferior desde el punto de vista genético, según la doctrina yorkiana.
- Los blancos fueron creados artificialmente como una especie de esclavos guerreros violentos cuya función era defender las naciones y reinos de los negros de los enemigos.
- Las mujeres blancas deseaban tener sexo con los negros, porque el pene de los blancos se habría hecho más pequeño y no les satisfacía. Un hecho ventajoso, ya que así iba a ser más fácil esclavizar a los blancos. Pero, en cierto momento, estos se sublevaron y tomaron el poder mundial.
- Los negros descienden de una especie extraterrestre (los annunaki), de piel verde porque tenían magnesio en la sangre. Pero, al entrar en la atmósfera terrestre, el magnesio fue reemplazado por hierro, de ahí el color negro de su piel.
- Los blancos son producto de la mezcla entre el mandril y el

orangután, mientras que los pigmeos son la mezcla del chimpancé y el gibón.

• Las mujeres blancas tuvieron relaciones sexuales con los chacales de las montañas del Cáucaso, mezclándose ambas especies y naciendo así el perro doméstico. De ahí el dicho: «El perro es el mejor amigo del hombre».

• Los blancos fueron criados como carne por una especie de extraterrestres reptiloides, siendo la Venida de Cristo esperada por los cristianos realmente el regreso de los raptores, que van a cosechar la carne blanca.

• Dwight York proviene del planeta Rizq; habría llegado a la Tierra en 1970 en una nave espacial llamada Nibiru, que los blancos creyeron que era el cometa Bennett.

• En 1952, los grotescos extraterrestres andromedanos asustaron al presidente Harry Truman, con quien se reunieron.

• Hay más de 70 especies de «grises» y 17 especies de «reptilianos» viviendo en la Tierra. Sus fetos tienen rasgos humanos al nacer, pero, si son abortados antes del parto, mantienen el aspecto extraterrestre.

• Algunos de los fetos abortados sobreviven y son criados en las alcantarillas para prepararlos para conquistar el mundo.

• Hollywood dice la verdad en las películas de ciencia ficción. Por ejemplo, Yoda es en realidad un simbolismo del maestro reptiliano Judá, que lidera a los masones, y Jedi es un simbolismo del yeti, una especie extraterrestre malévolo y físicamente similar a los wookie.

• Para el nuwaubianismo, la ciencia ficción es una forma de representar la realidad del mundo, solo que el ser humano es tan débil mentalmente que no llega a comprender las cosas tal y como son.

• El escultor ocultista estadounidense (de origen letón) Edward Leedskalnin (1887-1951) y el ingeniero eléctrico serbio Nikola Tesla (1856-1943) eran en realidad venusianos.

- Los blancos, como vampiros, extraen sangre de los negros porque necesitan alimentarse de ella, debido a que su blancura es símbolo de debilidad sanguínea.
- Los blancos han hecho que las bebidas alcohólicas sean baratas para que los negros puedan acceder a ellas y que de esa manera sus órganos puedan preservarse mejor para ser usados posteriormente en trasplantes para blancos.
- La música disco es mala y se creó para maldecir las almas de los negros.
- El papa católico, los reyes de Inglaterra, la élite política de los Illuminati y el Grupo Bilderberg se reúnen una vez al año en un sabbath para adorar al diablo y sacrificar a un negro. De esta manera fue concebido el Anticristo mediante el cuerpo de Jacqueline Kennedy Onassis.
- Consideran que la civilización egipcia fue negra.
- Hitler era un negro albino.

Alcé la mirada tras terminar de leer aquella sucesión de sandeces. Escudriñé los ojos de Anne y de Anfernee en busca de un ápice de falsedad. He de admitir que no me hubiera sorprendido verlos estallar a reír.

—Esto es una broma, ¿no? —pregunté molesta y asimismo perpleja; no obstante, no los consideraba tan faltos de sentido común como para burlarse de mí—. Ahí detrás tengo una celda reservada para los graciosillos...

—La secta existe —dijo Scott, tajante—. Nosotros le hemos transmitido nuestras sospechas; ahora haga usted lo que crea pertinente. Yo tengo intención de pasar los próximos días recluido en casa de Anne. No pienso pisar la calle, a no ser que sea absolutamente necesario. Cuando usted hable con Danai Sarkis y... bueno, cuando sepamos qué diantres pasa en este maldito pueblo, volveré a mi casa, en la que me muero de ganas de estar, para terminar mi novela. No estoy aquí de turismo. Lo cierto es que nunca lo he estado.

Tras las palabras de Scott, respiré hondo y traté de recuperar la calma que me habían arrebatado las siniestras creencias de los nuwaubianos.

—Investigaré el tema del *numabianismo* —concluí.

—Nuwaubianismo —me corrigió Scott.

—¡La secta de los cojones!

—Mucho mejor.

Los tres sonreímos.

—Bueno. —Miré el reloj que colgaba de la pared a la espalda de Anne y Scott—. Mis ayudantes estarán al caer. Los he mandado hace un rato a por un par de pizzas. ¿Qué le parece, señor Scott, si, ya que está usted aquí, tratamos de identificar a la mujer que encontró dentro del bote? Se me acumula el trabajo y, si ando tras la pista de unos peligrosos sectarios, más me vale apretar el paso.

—Haré lo que usted me pida, *sheriff*. —Me gustó su predisposición—. ¿Cómo vamos a proceder?

—Mirará usted fotos de desaparecidas y señalará a la fallecida cuando aparezca.

«¿Estimula esto su creación, escritor?», recordé fugazmente.

—Pues si ya no se me requiere por aquí… —dijo Anne mientras me dirigía una mirada en busca de aprobación—. Me voy a casa a descansar.

—Puedes irte —autoricé al tiempo que se levantaba de su silla.

—Hoy se acaban mis minivacaciones. Mañana tengo que abrir a las nueve en punto y todo este embrollo me ha robado muchas horas de sueño. Necesito calma y viendo fotos de desaparecidas no voy a encontrarla.

Sacó un manojo de llaves del bolso y le dio una a Scott.

—No hagas ruido al llegar; me temo que esta te va a tener aquí hasta las tantas.

—¿Esta? —proferí mientras le dedicaba una mirada cómplice.

—No olvides quién eres, Sandra: trabajas para mí, para el pueblo.

—Vete a dormir, anda, que la falta de sueño te nubla el juicio.

–De eso nunca he gastado, y lo sabes.

–Que descanses –se despidió Scott después de que ella le diera las llaves.

Yo me limité a levantar la mano.

Cuando Anne abandonó mi despacho, advertí que alguien abría la puerta de la oficina.

–Esos deben de ser Jonny y Lara. ¿Empezamos a rastrear, señor Scott?

25

La caja

Anfernee Scott

–Deme un momento. –Me incorporé–. Déjeme darle un telefonazo a mi empleada doméstica, que si no se pone nerviosa. Luego me enseña esas fotos, ¿de acuerdo?

La *sheriff* me miró como un animalista a un cazador. Tal vez no debí usar el término «empleada». Quien no conociera nuestra relación, podía ver aquello como una demostración de altivez y arrogancia.

–Adelante.

Marqué el número de teléfono de Lorene.

–Hola, señorito. ¿Cómo va por el campo?

–Bien. Sigo dándole a las teclas, que es lo que había venido a hacer, así que bien. –La *sheriff* frunció el ceño, era evidente que le estaba chocando la distendida conversación que mantenía con «mi empleada»–. ¿Y tú qué? ¿Ya te has llevado algún maromo a casa?

–A más de uno.

Solté una risotada: hablar con ella me transportaba a épocas mejores.

–Así me gusta, que te diviertas. Bueno, te tengo que dejar. Llamaba únicamente para saludar.

–¿Cuándo tienes pensado volver, Anfer? ¿Seguro que todo va bien?

Lorene tenía la capacidad de percibir cómo me sentía con solo oír mi voz, por mucho que yo tratara de parecer boyante.

–No lo sé. Tú no te preocupes. Como si la casa fuera tuya, ¿de acuerdo? Monta una fiesta en la piscina, mujer. No te cortes.

–Buena idea.

Sonreí mientras la *sheriff* continuaba observándome con el ceño fruncido.

—Hablamos.

—Hasta pronto, señorito.

—¿Ha dicho que llamaba a su empleada doméstica o lo he entendido mal? —dijo Leigh sonriente en cuanto me guardé el móvil en el bolsillo de los pantalones.

—Lo ha entendido perfectamente.

—Vaya.

Después de aquella llamada noté un cambio de trato en ella. Incluso me preguntó si podía tratarme de tú, a lo que accedí encantado.

—Enséñame esas fotos, *sheriff*.

—Arrastra la silla hasta mi lado. ¿Quieres un trozo de pizza? Señaló la caja sobre su mesa.

—Sí, gracias.

Me froté los ojos. Había observado tantas fotografías en la brillante pantalla de su portátil que los ojos, las bocas, las narices y las orejas de aquellas pobres desgraciadas empezaron a nublarse. Y, para colmo, ninguna resultó ser la mujer del bote.

—Sí, yo también estoy cansada —dijo Sandra al advertir mi desaliento—. Es desesperante. Si dices que el cuerpo no estaba demasiado deteriorado…, debería ser alguna de las que te he enseñado. A no ser que nadie denunciara su desaparición, claro. Puedes irte, Scott.

Se me hacía raro que me tratara de tú. No obstante, me interesaba estrechar lazos con la representante de la justicia en el pueblo.

—Si me necesitas estaré en casa de Anne. Para cualquier cosa, ¿eh?

—Gracias.

Abandoné su oficina. Al poner un pie en la calle me sobrevino un recuerdo. «Antes de arder viva, maldijo al pueblo y a sus habitantes: quien pisara Heaven Lost entraría en comunión con el demonio y, por ende, se le cerrarían las puertas del cielo. De ahí el nombre del pueblo».

Me dirigí hacia la casa de quien había pronunciado aquellas palabras.

«Ninguna bruja maldijo este pueblo –me dije– y, aun así, está maldito».

No había ni un alma por las calles. En algunas zonas el alumbrado resultaba insuficiente; pocas farolas para calles largas como dedos huesudos. Tras cada esquina parecía esperar algo maligno. Demasiadas sombras para un hombre con el alma turbada. El cielo no mostraba nubes ni estrellas, solo tenebrosidad. Me encogí a causa del frío que trae consigo toda noche y me subí el cuello del abrigo. Era tarde y las ventanas ya no arrojaban luz. Todos se habían retirado a descansar. No obstante, incluso para aquellas horas intempestivas, la ausencia de viandantes resultaba preocupante.

«Estoy acostumbrado al bullicio de la ciudad –me tranquilicé–. Esto es un poblacho y estamos entre semana».

Mis intentos por darle sentido a aquellas desérticas calles resultaron inútiles. Temí que un grupo de nuwaubianos apareciera de pronto, ocultos bajo máscaras mortuorias; que el Loco del Marcador asomara la cabeza por una esquina dispuesto a marcarme con una cruz ansada. La tensión a la que yo mismo me había expuesto no era sana.

Y todo por una buena historia. Todo por volver a sentirme un escritor de éxito.

«Me encerraré en casa de Anne –me juré por Dios–. Solo saldré para entrar en el Bentley y conducir hasta la mía».

Por un momento dudé de si me había perdido. «Juraría que era por aquí, pero ¿la casa de Anne estaba tan lejos de la oficina de la *sheriff*?».

El morro de mi Bentley apareció tras doblar una esquina, justo donde lo había dejado: ante la puerta de mi cicerone en Heaven Lost. Lo miré como si un vampiro corriera detrás de mí y sobre su capó estuvieran una ristra de ajos y un crucifijo. Suspiré aliviado y entonces, quebrando ligeramente el silencio, brotó de la nada un murmullo de voces profundo e ininterrumpido, como si cientos de personas oraran en procesión por una calle cercana.

«¿Qué diantres es ese ruido?». Mi mente arrojó una inquietante escena: sectarios con turbantes y túnicas blancas marchando con malas intenciones hacia la casa de Anne.

Corrí como un niño asustado. Agucé el oído y miré hacia el cielo nocturno antes de meter la llave en la cerradura. Vi una línea blanca. ¿Era el motor de un avión comercial?

Abrí convencido de que había malinterpretado el «murmullo». No era la primera vez que un avión volaba sobre mi cabeza en plena noche, que oía aquel sonido, pero nunca tan sugestionado. Entré, no obstante, con el corazón en un puño. Subí las escaleras, encendiendo todas las luces que encontraba en mi camino.

Me metí en mi habitación prestada. Tinta se desveló, pero no por ello abandonó los pies de la cama; se limitó a observar, con los ojos entrecerrados, cómo su cuidador se desvestía con miedo en el cuerpo.

Me cubrí con las sábanas hasta la nariz, aunque no hiciera frío para tanto. Mientras me debatía entre quedarme un día más o salir por patas, se entreabrió la puerta del cuarto. Pude entrever la silueta de Anne, que me miraba desde el pasillo, suavemente iluminada.

No dije nada, ella tampoco. Solo nos quedamos mirando. Su cuerpo estaba desnudo. Su vello púbico y sus pezones atrajeron mi atención.

—¿Puedo entrar? —susurró.

—Por supuesto —contesté.

Me deshice de los pantalones de pijama y los calzoncillos mientras se acercaba en penumbra y se metía con movimientos suaves dentro de la cama. Me besó con delicadeza al tiempo que su piel sedosa rozaba la mía, y tiraba por tierra el debate sobre si debía o no marcharme.

Desperté con la mano derecha sobre su cintura y noté su reconfortante calor corporal. Jamás había percibido un cambio tan marcado entre el acostarse y el despertar: me había metido en la cama atemorizado y me había despertado dichoso.

La besé en la mejilla.

—Buenos días —le susurré en el oído.

Anne se estiró como Tinta tras una larga siesta.

—Hola, escritor *best seller*. ¿Has dormido bien?

—Como nunca.

—Bien —dijo mientras se incorporaba—. Voy a ponerme algo de ropa.

—Por mí no te molestes.

—Ya.

Salió de la cama y caminó hacia la puerta mientras yo me deleitaba con sus pechos, sus piernas, su trasero… Lo cierto es que consiguió ponerme a tono de buena mañana. No obstante, aún era pronto para atacarla sin previo aviso.

—¿Un café? —me preguntó antes de abandonar la habitación, justo cuando Tinta empezaba sus desperezamientos matinales.

—Sí, por favor.

—¿Vienes, Tinta?

Iba a advertirle de que mi gata no acudía a llamadas de extraños, cuando esta bajó de un salto de la cama y avanzó hacia ella.

«Será chaquetera», pensé sonriendo.

—Vamos, preciosa. Acompáñame a cambiarme a mi habitación.

Desaparecieron de mi vista.

Dispuesto a pasar el día escribiendo, me vestí con un pantalón de chándal y una sudadera y me puse las zapatillas de ir por casa. Me había propuesto avanzar significativamente en la novela y necesitaba sentirme cómodo.

—¿No crees que a Sandra Leigh le viene todo este lío un poco grande? —le pregunté a Anne con una humeante taza de café calentándome las manos—. ¿No debería contactar con el FBI? Solo dos ayudantes y una oficina que llevar...

—No tiene ninguna prueba contundente, es cierto. Pero supongo que es normal, ¿no? Hace muy poco que investiga. Si no hubiésemos encontrado las carpetas con los datos de los niños, ni siquiera tendríamos la conexión entre la secta y las desapariciones. Nada está claro. Es como si alguien estuviera jugando al gato y al ratón con nosotros, observándonos en todo momento a través de una mirilla. ¿No tienes esa sensación?

—¿Que si la tengo? Ayer, cuando volvía de su oficina, casi me lo hago encima por culpa de un avión comercial. —Anne esbozó una sonrisa—. Entre el silencio sepulcral, que no había un alma por las calles y que mi mente no está por la labor de ver el mundo de color de rosa... En serio. Te juro que sonaba como una maldita procesión. Y yo pensando que eran los jodidos nuwaubianos viniendo a momificarnos. —La sonrisa de Anne se convirtió en una risotada—. Sí, sí, ríete, pero a mí no me verás poner un pie en la calle.

Mi última frase no hizo más que aumentar el hermoso sonido de sus carcajadas.

—Yo también me metí en la cama más intranquila de lo normal —confesó—. Y eso que algunas noches veo pelis o series de terror o leo libros de esos que te ponen los pelos de punta. Como los de un tal Anfernee Scott, ¿te suena? —Negué con la cabeza—. En fin. Te contaré una historia que tal vez te ayude a confiar un poco más en la *sheriff*. Cuando Sandra tenía trece años, catorce a lo sumo, le dio un beso en los labios a una chica en el centro de la plaza del pueblo. Pilló a la muchacha por sorpresa y entre las risas de los demás jóvenes que estaban allí... La cuestión es que salió espantada. A partir de aquel beso, los que decían ser sus amigos empezaron a llamarla «la rara» a sus espaldas, pero ella no se achantó. No intentó darle la vuelta a la tortilla, más bien todo lo contrario.

Los envió a todos a freír espárragos y siguió a lo suyo. Siempre que podía sacaba a relucir su condición sexual. Sus padres, más beatos que una monja con estigmas, la llevaron a ver al sacerdote del pueblo, como si la solución fuera un exorcismo. Pero ella, ni corta ni perezosa, le dijo lo mismo que a sus padres: «Me gusta ser Sandra Leigh. ¿Por qué iba a querer cambiar?». –Anne sonrió con complicidad–. Esto me lo confesó antes de ser *sheriff*, un día que se vino arriba en el bar de Joe. Lo que debes entender es que Sandra, una vez que encuentra un rastro, lo sigue hasta el final. Su esposa es la chica que besó en la plaza del pueblo, ¿entiendes? Podríamos decir que «Quien la sigue la consigue» es su lema. Puede que a veces parezca que anda perdida, pero, cuando alguien se le mete entre ceja y ceja, que Dios lo pille confesado.

–Me alegra saber eso.

–Y a mí que tú lo sepas –me acarició la mejilla–. Me voy a currar. Seguro que hoy vienen lectores en tropel a pedirme un libro del Rey del Misterio. No te extrañe que vuelva con una carretilla llena de novelas para firmar.

–Y yo, a cambio de un beso, las firmaré encantado.

Anne se marchó a la biblioteca tras besarme en los labios. Poco después, yo, sentado a la mesa del salón, continué la historia que me mantenía «atado» a Heaven Lost.

«¿Evitar el peligro o exponerse a él? –escribí–. Tomar decisiones fundadas en el miedo no acostumbra a acabar bien, pero ¿cómo discernir el punto de inflexión? El miedo nos detiene, sí, pero también nos empuja. El miedo al fracaso me anquilosó ante una hoja en blanco, sin embargo, tiempo después me empujó a romper el bloqueo. Nos paraliza ante un pasillo oscuro o susurra «algo va mal» cuando presiente un peligro o grita «¡corre, imbécil!» cuando la muerte se acerca. De haber escuchado a mis miedos no habría vuelto con Anne a la mansión Waitman y ahora no tendría la certeza de que su sótano guarda un oscuro secreto. Y no estaría escribiendo esto ahora mis…».

161

Sonó el telefonillo, cortando en seco mi flujo de inspiración. Durante unos segundos me debatí entre contestar o no moverme de la silla. Pero el portero automático volvió a hacer ruido, esta vez prolongadamente, dándome a entender que quien llamaba tenía el presentimiento –o la certeza– de que la casa estaba ocupada.

«A lo mejor es Leigh. Como le dije que no tenía intención de salir de casa…», cavilé mientras me incorporaba

–¿Sí? –contesté algo tarde.

No obtuve respuesta.

–¿*Sheriff*?

Con el auricular pegado a la oreja, el telefonillo volvió a sonar.

–¿Quiere dejar de apretar el botoncito? –rogué molesto–. Ahora le abro, por Dios.

No estaba dispuesto a abrir a nadie a ciegas, y menos a distancia.

Bajé las escaleras y entreabrí la puerta, pero no encontré a nadie al otro lado. No obstante, sí descubrí algo en el suelo. Me agaché para coger el joyero que alguien había dejado sobre el peldaño del umbral de la puerta, pensando que tal vez a Anne se le había ocurrido la brillante idea de hacerme un regalo sorpresa.

Al abrirlo, apareció un pequeño *pendrive*.

Fruncí el ceño y miré a ambos lados de la calle. Vi a dos lugareños por la acera, aparentemente a sus cosas. Cerré la puerta con el *pendrive* en la mano, blanco y negro y de ocho gigas, de lo más común. Estudié la caja mientras subía las escaleras en busca del portátil: no había ningún escrito en los lados ni sobre la tapa, adornada con un lacito rojo.

«¿Qué guardas para mí?», pensé antes de introducirlo en la ranura USB del ordenador.

26

La desaparecida

Anfernee Scott

No me sorprendió que la memoria USB almacenara un vídeo. Mis conjeturas iniciales fueron que contendría fotos o grabaciones, tal vez un archivo de texto. Las sorpresas llegaron tras pinchar sobre el icono de *play*.

Apareció en pantalla la mujer que encontré muerta dentro del bote, desnuda, de pie en el centro de una habitación bien iluminada. Sin cortes en la piel. Con el gesto relajado. Miraba a los lados sonriente, como quien está en buena compañía. Su rostro no era el de alguien que está a punto de ser asesinado, sino el de alguien que está a punto de pasárselo bien.

Dos enmascarados se acercaron a su cuerpo desnudo. Como el Loco del Marcador, escondían su identidad bajo caretas de máscaras funerarias. No obstante, podía verse claramente que se trataba de un hombre y una mujer afroamericanos que vestían de modo informal, en tejanos y camiseta y zapatillas de deporte. «¿Qué diantres se supone que es esto?». Un tercer sujeto, varón, les acercó una mesa con ruedas sobre la que permanecían lo que poco después entendí que era látex líquido, pinturas y pinceles. Limpiaron con esponjas su firme y tersa dermis, libre de tatuajes o cicatrices, y la secaron con cuidado. Seguidamente, empezaron a cubrirla de látex líquido con un paño, creando una especie de capa de goma en la piel de la modelo. Y pintaron sobre ella.

Avancé la grabación hasta el final, hasta que la mujer, con la piel simulando estar amoratada y llena de cortes, miró a cámara y lanzó un beso al aire.

Por eso no estaba entre las fotografías de mujeres desaparecidas. No estaba muerta. ¿Qué clase de broma macabra era esta?

Extraje el *pendrive* y me senté en el sofá. No podía estar más descentrado. Con las manos unidas bajo el mentón, encerrando la memoria USB entre ellas, medité qué hacer. Lo sensato habría sido entregársela a la *sheriff*, pero...

«Sin la muerta de por medio, puede que no se tome la investigación en serio. Tal vez ni siquiera ponga en sobre aviso al FBI. Quizá no hayan matado a nadie ni los Sarkis guarden relación con las desapariciones. No obstante, por el bien de mi novela, deben descubrirse los porqués. Si la *sheriff* cree que todo es puro teatro... Lo planearon con tiempo, es evidente, pero ¿con qué propósito? Ahí está la clave; sin la causa, mi novela no tiene sentido. Si me invento el final, pierde lo que la hace única: que esté basada en incontestables hechos reales, vividos por el propio escritor.

»Nadie se toma tantas molestias por pura diversión. ¿Fingen ser nuwaubianos? ¿O es que lo son y, digamos, un desertor ha intentado disuadirme con el vídeo? ¿Le habrá llegado también a la *sheriff* un USB con el mismo contenido?».

Podría haberme pasado el día dándole vueltas a la sinrazón en la que se había convertido mi estancia en Heaven Lost. Pero no lo hice. Me guardé el *pendrive* en un bolsillo, tras reflexionar durante poco más de cinco minutos, con la intención de no hablarle jamás a nadie de su existencia.

Al ocultar aquella pista cometí una ilegalidad.

Pero, a la postre, mi censurable decisión, tomada desde el miedo a perder una trama irrepetible, me convirtió en uno de los escritores más famosos de la historia.

27

La loca

Sandra Leigh

Horas antes

No hubo modo de conciliar el sueño; demasiadas coyunturas, sucesos insólitos y peligros factibles interponiéndose en mi camino.

Basándome en la descripción de Scott, deduje que la mujer no podía llevar demasiado tiempo muerta. Entonces, ¿por qué no había aparecido entre las decenas de fotografías que le había mostrado? ¿Mataron a una mendiga, a alguien que nadie echara en falta?

«Puede –medité con los ojos abiertos–, pero ¿para darle un susto a un escritor? Muchas molestias para solamente amedrentar a alguien. Ha de haber algo más, algo que, por desgracia, se me escapa».

Me levanté a la tres de la madrugada, harta de dar vueltas en la cama. Antes de salir de la habitación, observé a Lucy durmiendo plácidamente y le hice una promesa para mis adentros: «No permitiré que nadie te haga daño».

Me senté al escritorio de mi despacho y busqué datos sobre la secta que Anne y Scott aseguraban que estaba detrás de las desapariciones de los niños.

En los años 60, Dwight York decidió mudarse a Brooklyn donde él y sus seguidores empezaron a vender libros con los que lograron atraer a decenas de ineptos. Entonces usaban el nombre de Ansaru Allah Community (AAC). Hasta los años 80, el grupito llegó a conseguir grandes cantidades de dinero y seguidores. Llegaron a ser más de quinientos miembros y todos ellos debían trabajar gratis para York o pagar una cuota diaria proveniente de otros trabajos.

«¿A que yo también monto una secta?», pensé irónica.

York llegó a poseer distintos negocios y alrededor de veinte apartamentos para que sus seguidores vivieran en ellos. En aquel entonces se consideraban un grupo musulmán de supremacía negra. La comunidad musulmana neoyorquina, no obstante, defendió a capa y espada que no tenía nada que ver con ese grupo de raritos que cada vez iba agregando más doctrinas y exaltando a Dwight York como a un dios. Sus seguidores debían vestir de verde y negro; además, los edificios en los que residían separaban a los hombres de las mujeres. York controlaba quiénes tenían sexo y cuándo; los obligaba a pedirle permiso mientras él tenía la potestad de tener relaciones con cualquier mujer de la comunidad, cuando y donde le diera la gana.

«Lo mismo de siempre: un loco convence a otros de que su doctrina es la única y verdadera y que seguirla los elevará hacia un mundo mejor».

La información sobre la secta abundaba.

En la década de los 90, York compró un terreno de unos dos kilómetros cuadrados en el estado de Georgia. En este punto, las creencias que impartía a sus seguidores ya eran de lo más extravagantes. Cambió el nombre de la secta a Nación Nuwaubiana Unida de Moros. Tenían la creencia de que los humanos provenían de razas extraterrestres y que las personas negras eran superiores a las blancas. Por otra parte, al ser «musulmanes», York planteaba que eran descendientes de egipcios emigrados a América, por lo que el nuevo hogar de Dwight pasó a llamarse Tama-Re, donde mandó construir dos pirámides de 12 metros de altura, obeliscos y una esfinge. Las mencionadas construcciones se realizaron sin los permisos correspondientes, lo que llamó la atención del FBI, que ya llevaba años con la mira puesta en los nuwaubianos.

Tanto fue así que en 2002 hicieron la redada que pondría fin a Tama-Re, después de recibir acusaciones de pederastia, extorsión y explotación sexual infantil. Los abogados de York intentaron por todos los medios evitar una condena: alegaron que su cliente era descendiente de indígenas y que debía ser juzgado por su tribu, que tenía problemas paranoides y de esquizofrenia, etc., pero, por fortuna, todo fue desestimado por el juez, que lo condenó a 135 años de prisión. Hoy en día, según varios artículos de periódicos, aún existen personas que se mantienen fieles a York. De hecho, la página oficial de la secta se utiliza para pedir su liberación y en ella lo consideran una divinidad.

No debía postergarlo más. Nada más hablar con Danai y entrevistar a Adhir, debía avisar a los federales, darles los indicios recabados y dejar que procedieran como consideraran oportuno. Nosotros no teníamos los medios para llegar al fondo del asunto.

Había tomado una decisión, que a la postre resultaría ser la acertada.

«Ellos mismos desmantelaron la secta en 2002. Nadie va a criticarme por ser precavida. Mi obligación es ponerles al tanto y prefiero que me tachen de cautelosa que de intentar colgarme medallas».

Nunca podría perdonarme que desapareciera otro niño.

Cinco horas después

—Busca a tres o cuatro voluntarios de confianza para que monten guardia en la puerta del sótano de la mansión Waitman hasta que lleguen los federales.

No estaba dispuesta a cambiarle el nombre por mansión Sarkis, por mucho que les perteneciera. Jonny asintió enérgico.

—Trata de averiguar también por qué los hijos de los Waitman pusieron la escritura a nombre de Adhir —continué—. Con llamarlos por teléfono será suficiente, de momento.

—Eso está hecho, jefa.

—Tú, Lara, sigue atendiendo detrás del mostrador. Si en el pueblo surge algo de vital importancia, Jonny lo resolverá; si no, deshazte de los que entren por nimiedades. Durante unos días vamos a centrarnos en el lío de la mansión, ¿de acuerdo?

—A la orden, jefa.

—A mí me esperan dos horas y pico de viaje hasta el centro psiquiátrico penitenciario donde está encerrada Danai Sarkis. Espero estar de vuelta a la hora de comer. No me llaméis por pequeñeces, ¿eh? —les advertí—. Confío en vuestro criterio.

—No sé yo si debería —bromeó Lara.

—No me queda otra.

Dos horas más tarde

Estaban avisados de mi llegada.

—Tiene derecho a una sala privada para reunirse con la reclusa, *sheriff* —me había explicado la directora del servicio de salud mental.

Los «hospitales» psiquiátricos como Rickert Fort tenían la función de reducir el número de enfermos mentales en el sistema penitenciario estadounidense. Una cárcel no es el lugar idóneo para tratar a un enfermo mental y en el centro al que me dirigía los reclusos recibían tratamiento psicológico o psiquiátrico, dependiendo de las dolencias que padeciesen. Si un psicólogo forense le recomendaba a un juez que un acusado debía tratarse en un centro psiquiátrico penitenciario —como fue el caso de Danai Sarkis—, lo más seguro es que pasara una buena temporada en Rickert Fort, donde tratarían de rehabilitarlo mientras cumplía condena. Danai Sarkis, según la directora, estaba lejos de reinsertarse; así que, mientras conducía, me preparé para entrevistar a una mujer torturada por el pasado.

Tenía entendido que los lunáticos no matan durante sus episodios de crisis. Los peores delincuentes no tienen problemas mentales. Saben lo que hacen y por qué lo hacen. Muchos de los reclusos de Rickert Fort habían allanado moradas empujados por voces demoníacas o habían amenazado a sus vecinos por creerles seres de otro planeta.

Me detuve ante la caseta de control y vigilancia que daba acceso a un extenso aparcamiento al aire libre. En torno al edificio de ladrillo de doce plantas se alzaba un muro coronado por alambre de concertina, pero me acercaba a una cárcel de mínima seguridad.

Tras identificarme, el vigilante alzó la barrera y poco después estacionaba el coche patrulla ante el gran edificio de fachada oscura, en la que numerosas ventanas parecieron acecharme como insectos carnívoros.

Mi placa y mi uniforme sirvieron de carta de presentación. Me crucé con varios guardias y facultativos, que me saludaron con un asentimiento de cabeza o un «buenos días, *sheriff*», hasta que llegué al pabellón de entrada, donde se encontraban las dependencias administrativas. Aquel lugar parecía más la recepción de un hospital que un centro penitenciario.

Un uniformado me recibió tras un mostrador protegido por una barrera de cristal. A través de una pequeña ventanilla, me rogó que depositara el arma en una caja metálica y de seguido me pidió que aguardara a la directora del servicio de salud mental, Amanda Barber, en una de las sillas próximas.

Poco después de escuchar su nombre por megafonía, Barber estaba estrechándome la mano.

—Sígame, *sheriff* —me dijo tras las presentaciones de rigor.

Con la tarjeta de seguridad que le colgaba del cuello, abrió una puerta situada a pocos metros del mostrador y, con un ademán, me invitó a pasar primero. En un visto y no visto, me vi sentada en una silla de patas finas ante la mesa de metal que me separaría de Danai Sarkis, al lado de un sofá esquinado, archivadores

169

de metal y poco más; sin embargo, más que suficiente para lo que pretendía hacer allí.

–Voy a por la reclusa –dijo Amanda justo antes de disponerse a abandonar la sala.

Se dirigió a una puerta diferente a la que habíamos entrado, que imaginé que conducía a un alargado y oscuro pasillo abovedado con gruesas puertas blancas a los lados que guardaban celdas con paredes desconchadas sin esquinas y camas de hierro oxidadas fijadas al suelo. No obstante, el pabellón de los internos distaba mucho de lo que había imaginado mientras estaba allí sentada, sin duda influenciada por innumerables películas de terror.

Según lo que había averiguado antes de partir de Heaven Lost, los internos estaban distribuidos según su situación: preventivos, judiciales, penales, toxicómanos… y la estructura de cada planta estaba compuesta por una sala de unos treinta metros cuadrados en la zona delantera con un doble uso, comedor y sala de televisión, y, a continuación, a ambos lados de un pasillo reluciente, estaban las celdas, limpias y bien acondicionadas.

–¿Es peligrosa? –le pregunté antes de que saliera.

–No. Pero cree que una secta la mantiene aquí encerrada. A veces se queda en *shock*, otras grita… Padece manía persecutoria y depresión. Lo más probable es que no consiga nada de ella, *sheriff*. Puede que ni siquiera abra la boca.

–Entiendo. Pero aun así debo intentarlo.

–Por supuesto.

Barber se retiró finalmente a por la reclusa.

Mi mente, de nuevo sugestionada, imaginó que Danai aparecería vistiendo un pantalón blanco a juego con una camisa de manga larga, con el pelo corto y la mirada perdida, custodiada por un corpulento sanitario y bajo la supervisión de Amanda Barber.

Di en el clavo. Fue exactamente como entró y se sentó ante mí.

–¿Pueden dejarnos a solas? –le rogué a la directora.

–Josh –dijo, señalando al fornido sanitario– estará fuera montando guardia. Avíselo cuando termine la entrevista, o si la cosa se tuerce.

–Gracias.

Una vez que estuvimos a solas, observé en silencio a Danai. Con las manos escondidas entre los muslos, mantenía la mirada clavada en la mesa, como si estuviera esperando un castigo.

–La locura fue el único modo que encontraste de escapar de ellos, ¿verdad, Danai? –dije sin pensar demasiado, como si mis palabras se hubieran cansado de comedirse.

–Te recuerdo –susurró sin levantar la mirada de la mesa–. Eres la niña de los Leigh, la que besaba a otras niñas.

–Aún sigo besando a otras «niñas».

–Tus padres eran buenas personas.

–Supongo que sí –afirmé.

–Lo eran. Por eso intentaron arrancarte el demonio de dentro.

–¿Como tú trataste de hacer con tus hijos?

–Yo quise romper el recipiente antes de que un demonio lo ocupara.

–¿El demonio de la pirámide?

–Los demonios de las pirámides.

–¿Los nuwaubianos?

–Quienes secuestran a niños.

–¿El padre de tus hijos? –intenté que mirara a los ojos, pero no funcionó.

–Lo escuché hablar con su dios, ¿sabes?

–¿Y qué le dijo?

–Nunca los encontrarán donde están todos.

–¿Qué significa eso?

Danai sacó las manos de entre los muslos y me mostró sus uñas mordidas, para enseguida posarlas sobre la mesa y empezar a moverlas como si tratara de pintar algo con unos pinceles imaginarios.

–¡Josh!

El sanitario asomó la cabeza.

—¿Sí?

—Necesito papel y lápiz.

—A los reclusos no se les permite utilizar objetos puntiagudos. Ni bolis, ni lápices, ni…

—Ya, ya… Pues ¿una tiza, tal vez?

—Un momento.

Danai parecía haber entrado en bucle, dibujando una y otra vez las mismas sinuosidades a ras de mesa.

«¿Está trazando un rombo con una mano y un rectángulo con la otra?», cavilé justo antes de que Josh volviera con un pedazo de tiza.

—Dásela a ella —señalé a Danai con el mentón y el sanitario le entregó la arcilla blanca.

La reclusa dejó de mover las manos y, tras darle las gracias al hombre —un detalle que me sorprendió—, se levantó y se distanció de la mesa. Cuando creyó oportuno, se arrodilló sobre el suelo de baldosas oscuras, hizo presión con la tiza y la arrastró como si tratara de cortarlas por la mitad, marcándolas con un rombo y un triángulo.

Tras hacer el enigmático dibujo esquemático, rompió a gritar lo mismo que el día que trató de ahogar a sus tres hijos:

—¡Buscad la pirámide, buscad la pirámide, buscad la pirámide…!

Josh la sujetó por la espalda y se la llevó en volandas. La reclusa dejó de desgañitar antes de desaparecer de mi vista. No obstante, entendí que la entrevista había terminado.

Inmortalicé las figuras geométricas con el móvil y abandoné la sala, principalmente habilitada para abogados y agentes de la ley.

No esperé a que me dieran instrucciones.

Recogí mi pistola y abandoné el centro psiquiátrico penitenciario sin despedirme de Amanda Barber. Conduje pensativa y estresada hacia Heaven Lost.

«Nunca los encontrarán donde están todos».

Un rombo con un rectángulo en su centro.

¿Qué diablos significaba todo aquello?

28

El interrogatorio

Sandra Leigh

No creo en las casualidades.

Al llegar a Heaven Lost, lo encontré paseando por las afueras con la ayuda de un bastón de senderismo.

Me sonrió cuando pasaba por su lado mientras me miraba fijamente a los ojos, caminando tranquilo por el arcén, como si supiera de dónde venía yo, como si nada fuera con él. Aquel gesto, que duró poco más de un segundo, me enervó más que cualquier otra cosa molesta que me hubiera incordiado durante días.

Frené en seco.

Por todos era sabido que Adhir era un hombre violento, pero su edad jugaba en su contra; de ahí que se ayudara con un bastón para recorrer largas distancias. Le tenía respeto, pero en el fondo solo era un hombre castigado por los excesos y el paso del tiempo.

Me apeé furibunda.

—Tú —dije levantando la voz—. Las manos a la espalda, que te vienes conmigo.

—¿Tiene alguna prueba de mi…?

—Ni pruebas ni hostias. Y, sí, tengo pruebas de que eres un nuwaubiano.

—¿*Nuwauqué*?

—No te hagas el tonto, anda. Ya cansa. —Me coloqué a su espalda, mostrándome firme y poco comunicativa—. Tú y yo tenemos que hablar de muchas cosas, como de por qué los Waitman te cedieron su mansión. A ti, a un pelagatos.

Le puse las esposas sin que opusiera resistencia. La cicatriz de la cara parecía un abismo dispuesto a engullirme en cualquier momento. No me fiaba ni un pelo de su obediencia; los Sarkis no respetaban a nadie, y menos la ley.

Lo ayudé a acomodarse en los asientos traseros.

Estaba actuando sin pensar en las consecuencias. «Sus antecedentes me dan vía libre», pensé antes de ponerme al volante.

Estacioné en una de las plazas de garaje reservadas para los vehículos policiales. Adhir no había abierto la boca durante el trayecto, como si no tuviera nada que decir.

Me planté ante la puerta trasera y la abrí de mala gana.

—Vamos, sal.

Adhir no parecía tener prisa por salir del coche patrulla. No obstante, tras dedicarme, de nuevo, una de sus características sonrisas siniestras, no pude evitar darle la debida reprimenda.

—Déjate de sonrisitas y obedece o te juro que hoy mismo vuelves a la cárcel.

Bajó como pudo del coche con las manos a la espalda. Esta vez no me dio la gana ayudarlo. «Ojalá te revientes la cabeza contra la acera», pensé.

—¡Eh, Tituba! —gritó antes de entrar en la oficina.

Tituba, que barría la entrada de su establecimiento, alzó la mirada del suelo al oír su nombre.

—¡Mira cómo nos tratan! ¡Sin motivo alguno, sin pruebas! ¡Racismo puro y duro!

Abrí la puerta y lo empujé adentro mientras Tituba se limitaba a mirarnos con la cabeza alta. Lara nos recibió desde el otro lado del mostrador.

—¡Ay, la hostia!

Patrick West, vecino de Heaven Lost, aguardaba sentado en una de las sillas pegadas a la pared, supuse que a la espera de que Lara le tramitara algún documento.

—Oye, Patrick —le dije, sujetando a Adhir de un brazo—, ¿qué tal si vuelves mañana? Como ves, hoy tenemos el día un poco movidillo.

—Claro, *sheriff*. Como usted mande.

Patrick se levantó y abandonó la oficina casi a hurtadillas, consciente de que sobraba.

—No es la primera vez que interrogo a un Sarkis —le espeté a Lara mientras pasaba al lado del mostrador—. Y no será la última. Deja de comportarte como una novata. ¡Espabila de una puta vez!

Entré en la única sala de interrogatorios de la que disponíamos, lo empujé de mala manera sobre la silla y lo esposé a la mesa.

—Ahora vuelvo.

—No me moveré de aquí, *sheriff*.

—¿Dónde está Jonny? —le pregunté a mi ayudante—. Y disculpa por las formas, estoy de los nervios.

—No se preocupe, jefa. Y no se lo va a creer: a Jonny se le han cruzado los cables y se ha largado a abrir la pirámide. Ha llamado por teléfono a su amigo Timothy, el que trabaja en la construcción, y le ha pedido no sé qué arma de destrucción masiva. Se ha ido maldiciendo a los cuatro vientos.

—¿De destrucción masiva?

No estaba para bromas, pero aquella tontería por poco me saca una sonrisa.

—Era un decir. No sé, supongo que un martillo neumático.

—Pues me parece estupendo. Tendríamos que haber reventado esa puerta hace días.

—Pero es una propiedad privada, ¿no?

—Tenemos un sótano lleno de indicios, ¿no? No me jodas tú también.

—Tranquila, jefa, que estoy de su parte.

—Ya. Pues a veces tengo la sensación de que todos os ponéis de acuerdo para tocarme los ovarios.

—¿Qué pretende hacer con Adhir?

—Bailar un lento —puse los ojos en blanco.

Volví a la sala de interrogatorios negando con la cabeza y me senté al otro lado de la mesa.

–¿Por qué los Waitman te regalaron su casa?

–Porque les dio la gana.

–Respuesta incorrecta. ¿Por qué construiste una pirámide en su parcela?

–Estaba allí cuando me la dieron.

–Respuesta incorrecta. ¿Dónde está Zac y por qué se hizo pasar por mi ayudante?

–No lo sé y tampoco me importa.

–Respuesta incorrecta. ¿Quién era la mujer que Scott encontró dentro de un bote?

–No tengo ni idea.

–Respuesta incorrecta.

Me levanté airada, apoyé las manos sobre la mesa y lo miré fijamente.

–No estoy grabando el interrogatorio. Debería, pero a una puede olvidársele encender la camarita de los cojones. –Señalé el aparato en cuestión, colocado en la esquina superior derecha de la sala–. Te lo voy a dejar claro, para que luego no haya confusiones. Si no desembuchas, haré todo lo que esté en mi mano para que vuelvas a la trena. Lo que sea. Y lo que sea incluye mentir. Me golpearé un ojo hasta dejármelo morado y diré que me agrediste. O que intentaste robarme el arma. O ambas cosas. Nadie antepondrá la palabra de un exconvicto violento a la de una *sheriff* de expediente impoluto, ¿entiendes? No es una amenaza: es una promesa.

–Siempre el racismo. Cree que estoy detrás de todo lo que le ha pasado a Anfernee Scott porque mi piel es más oscura que la suya.

–¿Racismo? Perdona, pero soy lesbiana. He sufrido en mis propias carnes la discriminación, así que no me vengas con esas.

–«He trabajado como una negra», «Eres un negrero», «Hay una mano negra» o «El libro se lo ha escrito un negro». Seguro que ha pronunciado alguna de esas frases durante su vida. Los blancos sois unos cínicos.

–Lo que tú digas. ¿Piensas colaborar o no?

—Ya se lo he dicho antes: no sé nada.

Alguien llamó a la puerta.

—Adelante.

—¿Tiene un momento, jefa? —solicitó Jonny.

Me levanté de la silla.

—¿Puedo irme? —preguntó Adhir.

No supe discernir si su petición era sincera o trataba de ponerme aún más de los nervios.

—Por supuesto que no. De esa silla, en todo caso, pasarás a una celda.

—No puede retenerme más de…

—Tienes derecho a obedecer —lo interrumpí, antes de que empezara a darme clases de derecho—. Y punto.

Abandoné la sala de interrogatorios.

—¿Has conseguido abrir la pirámide? —le pregunté a Jonny en el pasillo.

—Sí.

—¿Y?

—Está más hueca que mi cabeza.

—Pues eso es decir mucho. El sótano sigue protegido, ¿verdad?

—Nadie va a entrar sin mi consentimiento.

—Buen trabajo.

—¿Sarkis ha largado algo interesante?

Mi ayudante ladeó la cabeza hacia la puerta de la sala de interrogatorios.

—Se hace el sueco.

—¿Y tu viajecito a Nueva York ha servido de algo?

—Danai no es que se haya mostrado lo que se dice comunicativa, pero me ha hecho un dibujo y me ha soltado una frase lapidaria que aún intento digerir. Dile a Lara que cierre la oficina y nos reuniremos en mi despacho.

—¡Lara, cierra el chiringuito y ven cagando leches al despacho de la jefa! —gritó Jonny.

Me quedé mirándolo con cara de circunstancias.

–¿Qué? –Se encogió de hombros–. Se lo he dicho, ¿no?

Desistí de hacerle entender que en ciertos momentos –como cuando teníamos a un hombre esposado en la sala de interrogatorios– debía guardar las formas.

–Madre del amor hermoso –murmuré de camino a mi despacho.

Debía admitir, no obstante, que de vez en cuando agradecía su espontaneidad.

Mis ayudantes entraron poco después de que lo hiciera yo.

Una vez sentados, yo en mi silla giratoria y ellos al otro lado de mi desordenada mesa, procedí a explicarles lo que había obtenido de Danai Sarkis.

–Es evidente, ¿no? –manifestó Lara tras ver la fotografía del rombo y el rectángulo.

–¿El qué? –pregunté, sorprendida por su confianza.

–Dónde están los niños desaparecidos.

29

El FBI

Sandra Leigh

–Según Danai, Adhir le dijo a su dios «nunca los encontrarán donde están todos», ¿no? –preguntó Lara.

–En efecto.

–Y, después de tanto tiempo sin saberse de ellos, ¿dónde creéis que están esos niños desaparecidos?

–¿Bajo tierra? –contestó Jonny, dándome la pista definitiva.

–Están en el cementerio –respondí yo.

–¡Bingo! –exclamó Lara–. El rombo y el rectángulo son la forma del cementerio o su distribución, llamadlo como queráis. Si tuviéramos aquí un plano del camposanto, veríais lo que os digo: sus muros forman una especie de rombo y luego, en el centro, está la zona verde, de aspecto rectangular, donde están las lápidas en suelo. Cuando hago senderismo por el monte Gadson puedo verlo desde las alturas y es evidente. ¿Y el encargado no estaba al corriente? –dijo levantando las cejas–. Uno no entra en un cementerio con un cadáver y se pone a cavar sin que nadie advierta nada. Ni siquiera accediendo de noche. Un enterramiento deja huellas. Nick Munro ha de estar en el ajo. Lo presiento. Más, llevando una burrada de años ejerciendo de sepulturero.

Estuve a punto de aplaudir sus deducciones.

–Un momento.

Abandoné el despacho y entré vigorosa en la sala de interrogatorios.

–Los enterrasteis en el cementerio, ¿eh, asesino de mierda? Tú y tu séquito. Los nuwaubianos esos de los cojones. La pobre Danai se olió el pastel y perdió la cabeza y tú, como ella se temía, convertiste a sus hijos en unos supremacistas. Secuestrasteis a esos niños y se los entregasteis a vuestro líder para que los... –No pude exteriorizar las monstruosidades que se me pasaron por la cabeza–. Lo importante es que te tengo cogido por las pelotas. Alguien se irá de la lengua, te lo prometo. El menos pensado te delatará a cambio de una reducción de condena. ¿Sabes qué te digo, viejo? Voy a servirte en bandeja a los federales. En cuanto salga por esa puerta, llamaré al FBI. Vete mentalizando: vas a pasar el resto de tu vida en la cárcel. La libertad te va a durar poco.

–Solo tienes pruebas circunstanciales.

–Por ahora. ¿Para qué crees que voy a llamar a los federales, mendrugo? Esos tíos harán magia con lo que voy a darles.

–Tendrás suerte si no te tratan de loca.

–Eso ya lo veremos.

Antes de salir –parecía un péndulo, yendo y viniendo de mi despacho a la sala de interrogatorios– oí un estruendo proveniente de la recepción.

Coincidí con Jonny y Lara en el pasillo.

–Parecían cristales rotos –aventuró Jonny.

Caminé recelosa hacia la recepción, con mis ayudantes siguiendo mi estela.

–Esperad aquí.

Lara y Jonny se quedaron en el umbral de la sala de espera, alerta, con la diestra acariciando la funda de su arma; yo anduve sobre pequeños cristales, haciéndolos crujir como si hubiera ratas al otro lado de las paredes.

–Alguien se ha cargado la cristalera –lamentó Lara.

–Qué perspicaz –ironizó Jonny.

Los tres vimos el ladrillo junto a un montón de cristales del tamaño de una canica.

Separé dos lamas de las cortinas venecianas y miré hacia la calle como una vecina cotilla. Alguien acababa de hacer añicos uno de los ventanales de mi oficina y quería saber quién para hacérselo pagar, pero tampoco quería llevarme un ladrillazo por ansiosa.

Lo que vi por entre aquellas dos lamas de aluminio me dejó boquiabierta.

–Pero ¿qué cojones...?

–¿Qué pasa? –preguntó Lara.

–No lo sé. Ahí afuera hay una muchedumbre y no traen buena cara. Salid conmigo y estad atentos.

Pisé la acera con mis ayudantes un paso por detrás.

–¡¿Qué pasa aquí?! ¡¿Quién ha lanzado el ladrillo y por qué?!

Eran al menos un centenar, con Tituba a la cabeza. Daba la sensación de que gran parte de los afroamericanos adultos de Heaven Lost se habían reunido en la plaza del pueblo con fines insidiosos. Si la muchedumbre hubiera sujetado antorchas, sin duda me habría sentido como un monstruo acorralado a las puertas de su guarida.

–No consentiremos que detengas sin motivo a uno de los nuestros –esclareció Tituba.

Conocía a aquellos hombres y mujeres, y jamás había tenido problemas con ninguno. Pero allí estaban, haciendo piña por un indeseable.

–¿Uno de los vuestros? –dije en voz alta–. ¿En serio, Tituba? Tengo motivos más que suficientes para tenerlo encerrado.

–¿Cuáles?

–Hemos encontrado indicios de un crimen en el sótano de su mansión, la que todos conocéis como la mansión Waitman. Ya he alertado al FBI –mentí–. Como ves, es un asunto serio.

Los demás congregados bisbiseaban a la espalda de Tituba. Parecían un nido de víboras.

–La mansión Sarkis no está vigilada. –Me impactó que la llamara «Sarkis»–. Cualquiera pudo entrar y dejar lo que fuera que usted encontró. Inculparnos de delitos graves es una arraigada costumbre del hombre blanco.

—Esto no es el lejano Oeste. Aquí no hay hombres blancos ni negros, todos tenemos los mismos derechos. Solo intento averiguar quién está detrás de unos crímenes. Nada más. Pero no podré hacerlo si tiráis piedras a las ventanas de mi oficina.

—Deja en paz a Adhir. No lleva ni una semana en libertad, ¿qué demonios ha podido tramar en tan poco tiempo?

—No os metáis en mis asuntos. Soy la *sheriff* de Heaven Lost y haré mi trabajo, le pese a quien le pese.

«¡Racista!», oí entre la muchedumbre. No reconocí la voz, pero supe que había sido un hombre. «¡Segregacionista de mierda!», dijo una mujer a la que tampoco logré distinguir entre los llamados a buscar justicia.

—¡Discriminadores de mierda! —recriminó Tituba con el gesto desencajado.

Su ceño fruncido, la apertura de sus fosas nasales, sus pómulos levantados y sus labios apretados y hacia fuera mostraron sus agresivas intenciones.

—¡Tú! —Jonny la señaló con el dedo índice mientras Tituba sonreía maliciosamente—. ¡Repite eso y te meto en el calabozo!

—¡Haya paz!

Alcé los brazos, tratando de calmar los ánimos.

—Deja en paz a Adhir o… —insistió quien, con total seguridad, había organizado la protesta, además en tiempo récord.

¿Me estaba desafiando?

Apreté los dientes y los puños sin miedo a que los congregados percibieran mi enfado. Si lo que pretendían con aquella especie de manifestación improvisada era sacarme de mis casillas, lo estaban consiguiendo.

—¿O qué, Tituba? —pregunté, con una actitud más acorde con la de un perdonavidas que con la de una representante de la ley.

—El pueblo arderá.

—¿Qué coño has dicho?

—¡Que el pueblo arderá!

Alzó el puño y todos rompieron a gritar al unísono.

–¡El pueblo arderá! ¡El pueblo arderá!

Entonces nos llegó un estruendo del interior de la oficina.

Las voces de los congregados no me permitían pensar con claridad.

–¡El pueblo arderá! ¡El pueblo arderá!

–¡Jonny, ve a ver qué ha sido ese ruido!

Mi ayudante entró en nuestras dependencias a paso ligero.

Lara hizo ademán de desenfundar, pero la agarré del brazo a tiempo.

–Ni de coña –susurré, frenando sus improcedentes intenciones; debíamos tratar de calmar los ánimos, no alterarlos todavía más.

–¡El pueblo arderá! ¡El pueblo arderá! –seguía gritando la muchedumbre con el puño en alto, tan bien sincronizados que daba miedo.

–¡El coche patrulla aparcado detrás de la oficina está ardiendo! –nos alertó Jonny desde la puerta–. ¡He intentado apagarlo con el extintor, pero no sirve!

–¡Pues llama a los bomberos, joder!

Tiré del brazo de Lara y la arrastré adentro mientras los allí reunidos seguían a lo suyo.

–¡El pueblo arderá! ¡El pueblo arderá!

Corrí hasta la puerta trasera de la oficina.

El coche con el que había viajado a Nueva York llameaba como un palo impregnado en resina.

–He avisado a los bomberos –dijo Jonny, cargando con un segundo extintor.

Observé cómo rociaba el coche con el polvo químico y tomé una decisión de la que acabaría arrepintiéndome.

Entré en la sala de interrogatorios y abrí las esposas que prendían a Adhir mientras él me obsequiaba con una de sus miradas vacías. Incluso me olisqueó el brazo cuando este pasó cerca de su nariz, como si tratara de identificar mi olor para localizarme más tarde. Sus ojos me aturdieron, como si permaneciera bajo los efectos del alcohol. Y las voces de fondo seguían, «¡El pueblo arderá! ¡El pueblo arderá!», como el susurro de un alma en pena.

Conduje a Adhir a empujones a través de la oficina. No trató de revolverse en ningún momento.

Abrí la puerta que daba a la plaza.

—Largo —le dije antes de darle el último empujón—. Pero esto no va a quedar así.

—Por supuesto que no, *sheriff*.

La muchedumbre se dispersó en cuanto la marabunta de cuerpos engulló a Adhir, como un rebaño de ovejas negras lideradas por un perro oscuro.

—El fuego está apagado, jefa —oí a mi espalda.

—Buen trabajo, Jonny.

Me dejé caer sobre el escalón. En un visto y no visto la plaza se había quedado vacía. El sol empezaba a precipitarse sobre el horizonte, pero aún faltaba mucho para dar por concluida la jornada.

Mi ayudante se sentó a mi lado.

—¿Y ahora qué?

—Pondré al tanto al FBI. Después, sea la hora que sea, hablaré con Nick. Tú ve a comprobar que el sótano siga bien protegido. Lo primero que querrán ver los federales será la mansión y las pruebas de ahí atrás.

—¿Qué les dirá?

—La verdad. Lo bueno es que el tema de los nuwaubianos, las pirámides, la pederastia y toda esa mierda no les cogerá por sorpresa.

—Pues es un consuelo, porque de buenas a primeras suena a disparate.

—Ni que lo digas.

Llamé a la sede del FBI en Washington y, tras identificarme como *sheriff* de Heaven Lost, le rogué al agente que me atendió que me pusiera en contacto con quien estuvo al frente de la redada que puso fin a Tama-Re en 2002. Este, muy amable, me facilitó un número de teléfono de la sede de Nueva York.

El agente especial John Donald me tomó sorprendentemente en serio. O al menos eso fue lo que percibí durante la videollamada que mantuvimos durante más de dos horas. Le transmití mis miedos y todo lo que había averiguado. Y no fui parca en detalles.

–Mañana por la tarde me acercaré yo mismo a Heaven Lost –prometió antes de despedirse–. Necesitaré leer los informes que ha redactado hasta el momento, ver las pistas y la pirámide, hablar con los Sarkis… Mientras tanto, puede tratar de tirar de la lengua al encargado del cementerio. Si como usted sospecha esos niños están enterrados en Heaven Lost, dé por hecho que sus familias sabrán al fin qué fue de ellos. Ah, y, por favor, búsqueme alojamiento en algún hotel decente del pueblo. Usted conoce mejor la zona… En fin. Nos vemos mañana.

–Delo por hecho. –Y corté la transmisión.

Me notaba las piernas cansadas. «Tienes que perder peso», me recomendé por enésima vez.

Aún tenía que hablar con Nick, así que decidí llamarlo por teléfono. Las manijas del reloj de pared del despacho estaban a punto de marcar las diez de la noche. «Que se acerque él –me dije aturullada–. Quien da las órdenes soy yo, joder. Ya está bien de ir detrás de todo el mundo».

–Dígame, *sheriff* –contestó pasado el tercer tono–. ¿Ha sucedido algo malo?

–Necesito que vengas a mi oficina.

–¿Ahora? ¿Le ha pasado algo a mi hijo? –preguntó con evidente angustia.

–No, tranquilo. Es sobre el tema del otro día.

–¿Lo de Patricia Colman?

–Eso mismo.

–Pues… ¿En quince minutos le viene bien? Me pilla en pijama.

–Claro. Gracias.

Llegó como si ningún suceso turbio acontecido en el pueblo fuera con él, con el gesto de un hombre que no oculta nada, con la mirada de quien está en paz con su mundo interior, con la cabeza alta. Pero yo conocía las discrepancias que existen entre lo que uno muestra y lo que uno esconde. «El malo de la película no es siempre quien te pasea la mirada con desprecio», pensé. Un *sheriff* está obligado a buscar más allá de las apariencias. Nick, tarde o temprano, apartaría la mirada o sus ojos oscilarían al asociar recuerdos, imágenes, olores, sonidos… Si había ayudado a una secta a ocultar sus crímenes, acabaría delatándolo.

A partir del «hola» con el que lo recibí, por tanto, me centré en sonsacarle la verdad. Intuí que al principio negaría categóricamente mis acusaciones. ¿Mi estrategia? Estirar el interrogatorio, desgastarlo y preguntarle sobre detalles. Y rezar, mientras tanto, porque sus respuestas no resultaran categóricas. Con un poco de suerte, vería cómo hacia el final asomaban las contradicciones o las respuestas evasivas: «No sé», «No lo recuerdo bien»… A partir de ese punto, empezaría el verdadero interrogatorio.

–Acompáñeme a la sala de interrogatorios.

–¿Por qué? –Su gesto mutó de la distensión a la rigidez–. ¿Me acusa de algo?

–Pues resulta que sí.

Un ambiente opresivo resultaba fundamental. Hacerle sentir bajo arresto, en una sala descolorida, sobre una silla fría como el hielo, ante una mesa de metal sobre la que pudiera ver su rostro como una mancha de tinta.

Dos horas después

–Imagine que fuera cierto lo que dice –espetó con evidente cansancio, cuando yo sorbía las últimas gotas de mi cuarto café de la noche–: que unos hombres malvados me hubieran amenazado con matar a mi mujer y a mi hijo si no hacía la vista gorda.

–Supón, Nick. ¿Qué habrías hecho?

–No, *sheriff*. La pregunta es qué habría hecho usted. ¿Ignorar las amenazas de unos asesinos en serie, poniendo en riesgo la vida de sus seres queridos?

«Otra vez la misma cantinela –lamenté, notando los párpados pesados–: "Tarde o temprano te encontrarás entre la espada y la pared. Y, como yo, elegirás la vida"».

–Entonces, ¿te amenazaron con matar a tu mujer y a tu hijo y les permitiste enterrar a esos niños en el cementerio del pueblo?

–Estábamos suponiendo, *sheriff*. No intente sonsacarme una confesión falsa. Nunca he tratado con ninguna secta, ni con ningún otro criminal: esa es mi última palabra.

–El FBI llegará hoy mismo a Heaven Lost. Y esos no se irán sin nada. ¿Y sabes qué? Voy a rogarles que te aprieten las tuercas. Esos tíos meten el hocico hasta el fondo, ¿entiendes? Sabrán lo que comiste ayer porque rebuscarán en tu basura. Y, si están en el cementerio, encontrarán las fosas. ¿Cómo vas a explicar que el sepulturero no supiera nada? Lo tienes peliagudo, Nick. Pero, si me das algo, hablaré a tu favor. Y partiendo de que te coaccionaron…

–Nadie me coaccionó.

–Pues vete a casa y espera a que el FBI llame a tu puerta. Jonny andará cerca, ni sueñes darte a la fuga. Y tampoco pretendas que luego, cuando los federales descubran la verdad, que lo harán, hable a tu favor. Más bien lo contrario. ¿Es lo que quieres? Adelante.

Abrí la puerta de la sala de interrogatorios.

–Largo.

Nick suspiró largamente y me miró con cara de lástima.

–Nunca llegué a verles la cara. Ha pasado mucho tiempo de aquello, apenas recuerdo los detalles. Por aquel entonces empinaba el codo y… Un día me desperté en una cabaña en medio del bosque ante dos enmascarados…

–¿Qué tipo de máscaras llevaban?

–Del Antiguo Egipto. Ya sabe, como las tapas de los sarcófagos.

–Ya. ¿Y qué pasó?

–No recordaba cómo había llegado hasta aquella cabaña. Mi hijo se encontraba a mi lado, maniatado y amordazado, al igual que yo. Pero él estaba inconsciente. Los dos tipos hablaron alto y claro: «La próxima vez mataremos a tu hijo. Si no quieres que eso ocurra, deja la puerta del cementerio abierta cuando te lo digamos. Tenemos tu número de teléfono. Y si al día siguiente ves algo extraño en el camposanto, lo encubres. Si no, un día recibirás una caja con la cabeza de tu hijito».

–Pues para ser que no recordabas los detalles…

–Esas cosas no se olvidan.

–Supongo. Y recibiste la prometida llamada, claro.

–Más o menos una semana después.

–Y tú, como el perro obediente que eres, hiciste lo que te pidieron. Dejaste la puerta del cementerio abierta para que unos pederastas ocultaran los cuerpos de unos pobres niños.

–¿Pederastas? –Sus ojos exhibieron verdadero asombro–. No. Yo siempre pensé que escondían droga. Pensaba que meterían la droga en un nicho, alguien se la llevaría y más tarde volverían a recoger el cobro. No es tan descabellado. Los narcos se las ingenian de formas rebuscadas, y usted lo sabe. ¿Cómo iba a pensar que metían cuerpos de niños? Jamás me dijeron lo que hacían ni a mí se me pasó por la cabeza. Recibía la llamada de un número oculto. «Somos nosotros. Hazlo esta noche». Y yo obedecía. Eso es todo.

–Me es indiferente lo que creyeras. La cuestión es que fuiste consciente en todo momento de que incumplías la ley. ¿O es que crees que las drogas no se llevan a gente por delante?

–Y volvería a hacerlo, aun sabiendo las consecuencias. Haría lo que fuera por mi hijo, pero le juro que jamás presentí lo que tramaban realmente.

—El padre del año —dije entre dientes—. Y al día siguiente, ¿notaste algo?

—Las tapas de los nichos se recubren con vidrio mineralizado y una capa de resina de poliéster y arena, entre otras cosas. Ellos las sacaron con una palanca, supongo, y volvieron a colocarlas de mala manera, la chapuza no pasaba desapercibida.

—Y tú, ciudadano ejemplar, arreglaste el desaguisado para que nadie se percatara.

—En efecto. E insisto...

—Que sí, que lo volverías a hacer —lo interrumpí, cansada de sus excusas, pero contenta por haber conseguido sonsacarle la verdad—. Me ha quedado claro que solo tratabas de proteger a los tuyos. Ahora le toca el turno a la pregunta del millón: ¿qué tumbas profanaron?

—Si me da usted papel y boli...

—Faltaría más.

Nick apuntó el nombre y los apellidos de siete personas enterradas en el cementerio de Heaven Lost, todas fallecidas hacía más de veinte años. No recordaba sus rostros, pero sí que eran, o fueron —según se mire— «los padres de» o «los hermanos de». Lo cierto era que no importaba a qué familias pertenecieron. Les llegó la hora y se fueron. En cambio, sí me atañía lo que representaban dichos nombres: siete niños compartían tumba con ellos; siete vidas que no se llevó el paso del tiempo, ni una enfermedad ni un accidente; siete almas que se llevaron unos crueles sectarios.

—Supongo que hoy pasaré la noche en el calabozo —dijo Nick tras darme los nombres.

—Supones bien. Más tarde le dirás a los federales lo que me has contado a mí. —Estaba enfadada con mi vecino, pese a que presintiera que en su lugar yo habría hecho algo parecido—. Igual ellos se tragan tus excusas.

Encerré a Nick en una celda. No opuso resistencia ni vi muestras de aflicción en él. Ni siquiera trató de convencerme de que hiciera la vista gorda. Cuando intuyes que te espera una larga temporada entre rejas, echas mano de cualquier pretexto. Pero Nick no trató de librarse de nada. Una vez cazado, asumió las consecuencias. Usó sabiamente la poca integridad que le quedaba. Incluso diría que se quitó un peso de encima.

Solíamos cerrar por las noches, pero lo insólito de aquella jornada me forzó a ordenarle a Jonny que pasara la noche haciendo guardia en la oficina. Podría haberme quedado yo, pero no me dio la gana. Ser *sheriff* acarreaba unas responsabilidades extra que él no soportaba, además a cambio de un sueldo insuficiente. Así que, por una vez, usé mi grado para escaquearme.

Heaven Lost precisaba tenerme fresca al despuntar el día. Los niños enterrados en el cementerio suplicaban a gritos desde el más allá que resolviera sus crímenes. Oía sus voces en mi cabeza: «Aquí dentro hace mucho frío, *sheriff*», «Sácame de aquí, *sheriff*, esto está muy oscuro…».

Las coyunturas se me amontonaban en la cabeza, iban y venían como un metrónomo latoso.

«Peter Morrison, de diez años, desaparecido en octubre de 2001; Sophie y Laura Portman, de ocho años, desaparecidas en diciembre de 1999…».

¿Aparecería también el cadáver de la pequeña bautizada como la Niña de Concord? ¿O tal vez el de Debra Green? ¿Y el del matrimonio de campistas desparecidos en el bosque nacional Green Mountain?

No solo desaparecieron niños. «Espera, Sandra –me dije reflexiva–. A ver si ahora vamos a cargarle a la secta todos los crímenes sin resolver del condado. Lo del matrimonio de campistas…». En los documentos del sótano no aparecían sus datos. Si acusábamos sin ton ni son con el único propósito de dar carpetazos, podríamos dejar a más de un criminal sin condena. No sería la primera vez que las ansias de respuestas daban como resultado respuestas erróneas.

Demasiadas desapariciones para una zona tan reducida. No entendía cómo no habíamos advertido las conexiones. Los secuestros, además, se habían detenido cuando York fue condenado a pasar el resto de su vida en una cárcel federal.

«Todo encaja. Solo resta encontrar los cuerpos».

Llegué a casa a las tres de la madrugada, tan cansada física y emocionalmente que por poco me meto vestida en la cama. Sin embargo, me confortaba pensar que mi buen hacer como *sheriff* estaba cerca de resolver siete casos de asesinato. Un logro que quedaría de lujo en mi expediente. Sandra Leigh no buscaba reconocimiento, pero a nadie le amarga un dulce.

Lucy dormía profundamente; incluso dudé de si había advertido mi llegada. Mientras se daba la vuelta hacia mí, me sacó de dudas.

—Te quiero —dijo.

—Duerme, vida mía. Yo también te quiero.

Antes de cerrar los ojos en busca de un descanso reparador que se me antojaba indispensable para afrontar la apretada jornada que se avecinaba, tuve un pensamiento que para nada me ayudó a conseguirlo: «¿Y qué leches pinta Anfernee Scott en todo este embrollo?».

Me despertó el tono de mi móvil.

Miré la pantalla mientras Lucy emitía sus característicos ronquiditos, que, si bien no resultaban demasiado armoniosos, nunca habían truncado mi descanso.

Acababan de dar las cinco de la mañana.

«¿Qué querrá Jonny a estas horas?», pensé.

—¿Qué pasa? —susurré.

—Jefa. —Se le notaba azorado, incluso jadeante, como si hablara mientras caminaba a paso ligero—. Ayer me pasé por la mansión Waitman a relevar a Michael para que él pudiera irse a descansar a casa. Sobre las doce de la noche me senté ante la puerta del sótano a montar guardia y...

–Al grano, hostia.

–Que un par de horas después me quedé tieso.

–¿Te dormiste?

–No. Ese es el problema. Noté un pinchazo en el cuello y un segundo después me estaba arrancando un dardo tranquilizante del pescuezo. Acabo de despertarme hace un momento. Lo siento, jefa, pero esos cabrones se mueven con pasos sigilosos.

–Mierda.

30

El horror

Anfernee Scott

Anne me llamó al móvil sobre las doce del mediodía para decirme que había quedado para comer con una tal Wendy. Por lo visto lo hacía todos los miércoles, pero a causa de lo turbulento de aquellos días se había olvidado de su reunión semanal.

–Lo siento. No sé en qué día vivo –se disculpó–. Coge lo que quieras de la nevera. Estás en tu casa, ya lo sabes. Volveré sobre las seis. Hasta luego.

Lo cierto es que agradecí aquellas horas extra para escribir.

En Heaven Lost no subían ruidos desde la calle, y los cláxones y los frenazos no formaban parte de su ambiente. Si uno de sus habitantes oía una sirena de ambulancia, se le encogía el alma. Nos acostumbramos a todo, supongo, pero era más fácil aclimatarse a un lugar donde uno podía ir andando a cualquier parte, donde la cercanía con tus vecinos rozaba lo familiar, donde se respiraba un aire alejado de toda polución y donde el estrés y la ansiedad, a los que tan habituados están los habitantes de la ciudad, pasaban de puntillas. Incluso la alimentación en los pueblos era más natural, recolectada en ocasiones de los propios huertos de sus habitantes. Sin embargo, a pesar de dichas ventajas, yo no deseaba poner un pie en las calles de Heaven Lost.

Era un pueblo precioso, enclaustrado entre las aguas del Atlántico Norte y un sinfín de bosques que parecían no acabar nunca… Pero a mis ojos, tras esa aparente calma, se ocultaba algo maligno. Podía anticipar cómo lenta y perniciosamente, una niebla cargada de maldad se cernía sobre nosotros, como en la famosa obra de Stephen King.

Agradecí que Anne no cambiara sus planes por mí; me hizo sentir parte de su vida; una pieza más que, no obstante, no interrumpía el devenir de sus costumbres.

Aquel día superé mi récord de palabras diarias: por poco cinco mil. Ni siquiera el perturbador vídeo que guardaba en un bolsillo había logrado frenar mi entusiasmo. Me encontraba tan embebido por mi propia historia que no percibí sus pasos hasta que agarró el pomo de la puerta.

Entró con el gesto desencajado.

«¿Qué pasa ahora?», pensé, temiéndome lo peor.

–¿Has visto la humareda negra que hay por la zona donde está la oficina de Sandra, en la plaza del pueblo?

–No me he movido de esta silla, así que no sé de qué me hablas.

–¿Sabes qué? Paso de todo. Si quiere algo, ya sabe dónde encontrarnos.

–A lo mejor están haciendo una barbacoa –bromeé–. ¿Qué tal por la biblioteca?

–Ha sido un día sorprendentemente tranquilo. –Colgó el bolso del respaldo de la silla que yo tenía delante y se sentó en el sofá. Cerré el portátil, dando por concluida una de las sesiones de escritura más provechosas de mi vida, y me acomodé a su lado–. Pero tengo ocho libros para que firmes, Rey del Misterio. No los he traído porque pesan un quintal y esta mañana he salido a pie, así que mañana tendrás que acercarte a la biblioteca.

Me dio un beso en la mejilla. Habría preferido uno en los labios, pero me di por satisfecho.

–¿No has salido de casa ni para tomar el aire? –me preguntó.

–Pues no. No he pisado la calle. Y no tenía intención de hacerlo en los próximos días. He abierto la ventana de la cocina y he sacado la cabeza: ese es todo el aire fresco que he tomado. Pero mañana me acercaré a la biblioteca a firmar esos libros. No puedo negártelo después de lo que estás haciendo por mí.

«Aunque te pague por ello», pensé para mis adentros.

—Qué *amabilillo* el escritorcillo –dijo con retintín, robándome una sonrisa–. Has avanzado con la novela, entonces.

—Mucho.

—Genial, ¿no?

—Genial no, lo siguiente.

Se inclinó hacia mí y esta vez sí me besó en los labios. Y mi libido se disparó, como las ventas de mis libros en el pasado.

Hicimos el amor sobre el sofá.

Más tarde cenamos y vimos la tele en su habitación.

Volvimos a hacer el amor antes de acostarnos. Me invitó a dormir con ella y sobra decir que acepté.

Me desveló un golpe seco mientras dormíamos acurrucados en posición fetal. Anne dio un respingo que terminó de despertarme del todo.

—¿Qué ha sido eso? –preguntó sobresaltada.

Eché un vistazo al reloj que estaba sobre la mesita de su lado: las dos y media de la madrugada.

—¿Habrá sido Tinta? –volvió a preguntar, como si yo pudiera saber qué o quién había provocado el estrépito.

Nos incorporamos y pulsó el interruptor de la luz, pero la habitación continuó en penumbra.

—Se ha ido la luz –afirmó.

—O alguien la ha cortado –respondí.

Mis propias conjeturas me alarmaron. No obstante, encontré el valor suficiente como para salir en calzoncillos al pasillo. Miré a un lado y a otro y vi una sombra doblando la esquina, como si la rastrera cola de una serpiente acabara de girar rumbo a mi habitación.

Fue entonces cuando oí la risa propia de un perturbado.

—No estamos solos –susurré.

—Voy a por mi pistola –dijo Anne, asimismo en voz baja–. Mierda, está en mi bolso, en el salón.

—No te muevas de donde estás. Iré a por ella.

Di un paso hacia la estancia y me detuve en seco. La famosa máscara funeraria de Tutankamón asomó por su puerta y la espantosa risa resonó de nuevo en el pasillo. El hombre escondió la cabeza –intuí que tras la máscara esbozaba una sonrisa maligna– mientras mi cuerpo se negaba a obedecer.

Un pinchazo me atravesó entonces el muslo, como el filo de un hacha atraviesa un tronco. Anne preguntó algo desde la habitación, pero no logré entender una sola palabra. Una súbita pérdida de equilibrio me hizo hincar las rodillas en un suelo que se emborronaba poco a poco.

Por extraño que parezca, no temí por mi vida ni por la de Anne. Tras haberse tomado tantas molestias, pensé que el propósito de los nuwaubianos no era matarnos. Es más, justo antes de desvanecerme tuve un pensamiento de lo más demencial: «Esto va a quedar de lujo en mi novela».

Recobré el conocimiento, aturdido, y me di cuenta de que estaba sentado, amordazado y maniatado. Anne estaba a mi lado, como yo, sobre una silla de madera roída, con pies y brazos atados al respaldo y las patas. Pero ella permanecía con la cabeza caída hacia delante, con su hermoso rostro cubierto por su liso cabello.

«Sigue inconsciente», pensé indispuesto; todo me daba vueltas.

Tuvieron la delicadeza de vestirnos. Yo me desperté en chándal, sudadera y zapatillas de deporte; Anne, en cambio, lo hizo con unas botas de caña baja, unos vaqueros ajustados y un suéter también negro, sobre el que destacaba una colorida chaqueta de tonos turquesa. Poco abrigo para una noche tan cruda. Yo ni siquiera llevaba puesta una cazadora.

A mi izquierda descubrí un vano sin puerta; arriba, un techo con forma piramidal. A pesar de la escasa claridad de fuera, pude distinguir a través de la abertura –supuse que era la entrada de aquel extraño sitio– un terreno de hierba alta empañado por una niebla a ras de suelo que parecía una mano blanca acariciando la maleza; al fondo, puntas de lanza sobresaliendo sobre un manto de enredaderas.

No tuve la menor duda: estábamos dentro de la pirámide.

—¡Anne, Anne! —susurré, sintiéndome observado—. ¡Anne, despier…!

Casi me atraganté con mi propia saliva cuando diez nuwaubianos accedieron a la pirámide en absoluto silencio, ataviados con turbantes y túnicas blancas y cubriéndose el rostro con una máscara funeraria de Tutankamón, Anubis y otros altos cargos egipcios que no supe identificar.

Los diez se colocaron a nuestro alrededor y uno dio un paso al frente mientras alzaba las manos hacia la cúspide de la pirámide. Los demás imitaron su gesto, tan silenciosos como una cámara anecoica.

—El predominio de la raza negra está cada vez más cerca —dijo con la mirada puesta en el pico de la falsa cripta.

«Son el Ku Klux Klan de la comunidad negra», cavilé, todavía aturdido.

—Resurgirá la conciencia espiritual, mental, social y económica de la población afroamericana. La hegemonía del hombre blanco llegará a su fin.

No reconocí la voz de quien oraba y ese detalle me desconcertó; pensé que distinguiría la de Adhir Sarkis o la de alguno de sus hijos.

—Ahora es el momento de que luchéis por vuestra supervivencia, Anfernee Scott y Anne Davis.

«Van a matarnos, a utilizarnos para algún tipo de ritual, a ofrendarnos a algún dios egipcio», asumí.

Justo entonces, como si el miedo la hubiera abofeteado, Anne volvió en sí.

—¿Dónde estoy? —balbució con la cabeza gacha.

Nadie tuvo que contestar: alzó la mirada y vio el panorama.

—Mierda.

La mirada se me fue a mi izquierda al advertir movimiento en el exterior de la pirámide.

«No. Otra vez no».

A través de la única abertura, descubrí al Loco del Marcador empuñando su arma preferida, con el rostro cubierto con su máscara funeraria de Tutankamón. Otro enmascarado lo sujetaba con una correa y tiraba de su cuello como si ambos esperaran a que diera inicio una pelea de perros.

–¿Qué es esa cosa? –preguntó Anne aterrorizada.

–Elon Sarkis.

Uno de los nuwaubianos deshizo las ataduras de Anne, mientras otro desanudaba las mías.

–¡Corre! –grité en cuanto pude moverme libremente.

Anne pasó por delante de mí como una exhalación.

Salí tras ella. Pensé que el tipo de la correa nos daría un poco de margen, pero liberó a Elon en cuanto pasé por su lado. De no haberme agachado a tiempo, habría perdido la cabeza.

Anne era más ágil de lo que era de esperar. Corría ante mí a una velocidad esperanzadora, aun calzando botas. La niebla que forraba el suelo se disipaba a nuestro paso. Superamos el piano destartalado y el columpio oxidado. Los gruñidos de Elon, por momentos aullidos lastimeros, nos hicieron alcanzar velocidades que pensábamos que estaban fuera de nuestro alcance. El miedo me favoreció aquella noche, como tantas otras me perjudicó.

Anne se aproximaba a la puerta entreabierta de la cerca.

–¡Ve por el camino de la derecha! –le indiqué a viva voz–. ¡Nos vemos en el pueblo!

Anne pasó ágilmente por el estrecho hueco que dejaban las hojas de hierro forjado. Yo lo hice un segundo después, pero de un modo menos elegante: casi me dejo la mano colgando de un barrote. Pero no había tiempo para lamentaciones.

Mientras ella huía por el camino que conducía a Heaven Lost a través de bosques y laderas, yo lo hice rumbo a la Casa del Lago por la senda que me había conducido por primera vez a la condenada mansión Waitman. Sin embargo, no me adentré en ella demasiado.

Me volví para ver cómo Elon empujaba violentamente una de las hojas e invadía el camino.

Dudó qué dirección tomar.

—¡Eh, hijo de puta! —El menor de los Sarkis me dirigió la mirada y me señaló con el marcador, respirando con dificultad, como un toro de lidia sentado de una estocada—. Con esas piernas tan largas que tienes… ¿En serio? ¿No puedes ir más rápido, gilipollas?

Echó a correr como si su vida dependiera de arrebatar la mía.

Y entonces, cuando enfilé la senda dispuesto a dejarlo atrás, los vi, a «ellos», de pie, al fondo del camino, cerrándome el paso. «Ellos» delante, con sus máscaras y sus túnicas. El Loco del Marcador detrás, alzando su herramienta preferida.

Me adentré en el bosque cuando el hedor a muerte se percibía intenso y hui a través de un escenario sombrío por entre árboles y matas apenas visibles, bajo una luna que iluminaba poco.

Recordé entonces el inicio de mi novela *Delirios*, publicada hacía más de cinco años; impulsado por mis miedos, su preámbulo se paseó por mi mente como una profecía amenazando con cumplirse:

«La sangre parece menos roja.

La noche lo cubre todo de igualdad.

Es suave y la mañana afilada.

Atenúa los rostros y las miradas pérfidas.

Con ella llegan los sueños y con ellos las pesadillas.

¿Cómo puedo saber si estoy durmiendo o despierto?

Cuando cae la noche, la sangre pierde intensidad y los rostros y las miradas perfidia, pero el dolor golpea con la misma fuerza. El sufrimiento me devolverá a la realidad o me demostrará que estoy en la antesala de mi muerte».

Pegué la espalda al rugoso tronco de un pino. Tomé una larga bocanada de aire antes de echar a correr de nuevo como un ciervo acosado por una manada de lobos.

Miré instintivamente hacia atrás: ni rastro de mi perseguidor. No necesitaba verlo para saber que estaba ahí, oculto entre las sombras; podía olfatear sus ansias de hostigarme.

«Son animales nocturnos y yo su presa. Controlan los tiempos. Guardan las distancias. Alargan su disfrute y mi sufrimiento».

Bajo las costillas latía un corazón al borde de la taquicardia.

A pesar de lo infructuoso de mi anterior intento de huida, no cejaría en mi empeño; prefería morir de un colapso físico que sujeto al yugo de un tarado.

Las lechuzas no ululaban, los grillos no tocaban sus estridentes sinfonías, las hojas agitadas por el viento no emitían rumor alguno: un silencio tan atronador como un grito en plena noche.

Volví a avanzar entre árboles, esquivando ramas como dedos huesudos, saltando piedras angulosas y troncos que parecían cuerpos en descomposición.

«No te detengas –me repetía mientras escuchaba mi respiración agitada–. No pares hasta llegar a Heaven Lost».

Me vi capaz de recorrer la distancia que me separaba del pueblo. Por mucho que él conociera el terreno, no me alcanzaría si yo no bajaba el ritmo. «Voy a conseguirlo –me alenté–. Saldré de este maldito infierno».

Sin embargo, en Heaven Lost, «avanzar» no significaba por fuerza «dejar atrás».

Entonces lo vi en un claro de bosque, iluminado por la tenue luz lunar, sujetando el marcador de ganado. Todo, menos su figura, permanecía a oscuras.

«Es inútil –el derrotismo se apoderó de mí–. No puedo escapar de mi destino».

Me senté en el sotobosque. Resignado. Cansado de huir.

Mi infancia, mi adolescencia y mi madurez volvieron a mí como un torrente de melancolía. Es cierto. Sucede. La vida pasa ante tus ojos en lo que dura un suspiro.

No temblaría ante el de la guadaña. Al fin me reuniría con mis padres, pero me aterraba la tortura. Y sospechaba que el Loco del Marcador tenía pensado marcarme a fuego.

«Nunca debí pisar Heaven Lost. Nunca debí partir en busca de inspiración», me recriminé.

Se acercó y se quitó la máscara. Como sospechaba, Elon Sarkis se mostró ante mí.

—A-ahora no pu-pueden vernos. Ya no te-tengo que fi-fingir —tartamudeó, conmigo a su merced. Y después me ofreció su mano—. Le-levántate.

No me cabía en la cabeza aquel súbito cambio de parecer. Su gesto no era el de un ser despreciable, menos aún el de un asesino. Vi sufrimiento en sus ojos, pena, y supuse que él vio algo parecido en los míos.

Agarré su mano y me ayudó a incorporar.

—No soy co-como e-ellos. —Me abrazó y me susurró al oído—: Vu-vuelve a ca-casa, escritor.

Un nudo en la garganta y otro en el estómago me dejaron sin aliento.

—¿Por qué me hacen esto? —articulé, no sin dificultad.

Elon se encogió de hombros.

—Hu-huye tan le-lejos como pu-puedas.

—Gracias.

Asintió con la cabeza, le di la espalda y corrí apretando los dientes.

Mientras avanzaba entre penumbras, acompañado por el ulular de los búhos, los aullidos lejanos de los perros de las casas de campo cercanas —o tal vez de lobos hambrientos— y el lento y espaciado cantar de los grillos, tuve pensamientos de lo más variopintos, si bien todos centrados en la misma cuestión: los malditos nuwaubianos y su quimérico propósito de cambiar el mundo.

Había leído en alguna parte que el ser humano se ha ido convirtiendo en el principal depredador del planeta, en un ser dañino del que huyen despavoridos los animales. «La naturaleza da la espalda, odia y escapa del animal inteligente que camina erguido», rezaba el artículo, que asimismo aseguraba que ciertos animales que llevaban millones de años siendo diurnos se estaban convirtiendo en nocturnos debido a la presencia humana, que ocupaba cada vez más espacio, maltrataba e impedía el libre movimiento de todo tipo de especies. ¿Conclusión? El ser humano era despreciable. Y yo, en Heaven Lost, me crucé con los peores especímenes, de los que uno no podía escapar ni haciéndose nocturno.

Mis sensaciones eran contradictorias. A un lado de la balanza permanecía el miedo a estar en el punto de mira de una secta asesina y, en el otro extremo, el temor a malgastar la mejor trama que había caído en manos de un escritor. Mis propias vivencias me arrastraban a seguir escribiendo, a terminar *Inspiración* –título que me sobrevino huyendo por un bosque– pese a los peligros que pudiera entrañar hacerlo. Todo gran logro conlleva tomar riesgos; que se lo digan a los periodistas de investigación.

Llegué al pueblo al borde del colapso, con la boca seca, las piernas entumecidas y las manos heladas. Sin llaves, sin móvil. Las calles de Heaven Lost se abrieron ante mis ojos como innumerables vías de escape, pero solo una de ellas me llevaría hasta mi Bentley Bentayga.

Ya no había vuelta atrás. No después de lo ocurrido aquella noche. Los nuwaubianos habían conseguido rebasar los límites de lo que estaba dispuesto a tolerar. Por fortuna, tenía material suficiente para terminar la novela. Pero no la rubricaría en Heaven Lost.

Bajo la luz de las farolas me juré que no volvería a poner un pie en el pueblo y después recé por encontrar a Anne esperando ante su puerta. Si no daba pronto con ella, me vería obligado a correr en busca de la *sheriff*, y mi cuerpo no estaba para más trotes.

Respiré aliviado cuando, por una vez, mis súplicas fueron escuchadas: Anne me sonrió cariacontecida desde el umbral de la puerta de su casa.

—Menos mal que estás aquí —dije mientras nos abrazábamos.

—¿Te han seguido?

—Creo que no. Elon me ha dejado escapar.

—¿Y eso?

—Te lo explicaré durante el trayecto.

—¿Avisamos a la *sheriff*?

—Lo haremos de camino.

—¿De camino a dónde?

—Hay dos tipos de personas, Anne: los que ven retirarse las aguas y corren a resguardarse, y los que no hacen nada hasta ver la ola. No me engullirá el maldito tsunami que se avecina. Tenemos la suerte de haberlo visto venir; los padres de los niños que aparecían en las fotos de la mansión Waitman no pueden decir lo mismo. Haz las maletas y vente conmigo. Tengo más dinero del que puedo gastar. Serás mi ayudante. Se aproxima mucho trabajo y necesitaré a alguien que me lleve la agenda. Además, te encantará mi casa, con gimnasio, un jardín enorme con piscina y cenador…

—¿Me estás pidiendo que lo deje todo para irme a vivir contigo?

—Este momento definirá tu vida. ¿Quieres quedarte en un pueblo donde desaparece gente, siendo una bibliotecaria a la que nadie valora y con miedo constante de que los nuwaubianos entren en tu casa en plena noche como han hecho hoy? ¿O prefieres ser la ayudante de un escritor, vivir en una casa llena de lujos, acompañarme a eventos en la gran ciudad…?

—¿Puedo hacerme la maleta, al menos?

Aquellas palabras me dieron la confianza que necesitaba.

—No. Nos vamos con lo puesto. No pienso quedarme en este maldito pueblo ni un segundo más. Conozco una empresa de mudanzas de confianza; en un par de días tendrás todas tus cosas en tu nuevo hogar. Subimos a por Tinta y nos largamos cagando leches.

—De acuerdo. Pues voy a por la gata.

—Yo iré encendiendo el coche.

Estaba acostumbrado a que el Betnley detectara la cercanía del mando y se desbloqueara la puerta de manera automática, pero, cuando me acerqué, no se abrió.

—No tengo las llaves —dije mientras Anne pasaba la mano por encima del marco de la puerta y se hacía con unas «para emergencias».

—Hacer eso en Nueva York sería una temeridad.

—¿Ves? No todo tiene que ser malo —dijo, en referencia a vivir en un pueblo—. Las llaves estarán arriba. Si no se han llevado tu cochazo… Y supongo que también estarán nuestros móviles. Vuelvo en un momento. Vigila la puerta.

Esa última orden me puso los pelos como escarpias.

Anne se ausentó poco más de cinco minutos y regresó con mi manojo de llaves, nuestros móviles y Tinta.

Abrí la puerta del trasportín y acaricié a mi gata con suavidad.

—Hola, preciosa. Volvemos a casa. —Luego me di la vuelta y le pregunté a Anne, forzando una sonrisa—: ¿Nos vamos?

Ella recorrió con la mirada la fachada de su casa y contestó:

—Sí, nos vamos.

31

Los federales

Sandra Leigh

Horas antes

–Lo siento, jefa –se disculpó Jonny nuevamente.

–Supongo que habrán vaciado el sótano, ¿no?

Me levanté de la cama y caminé descalza hacia mi despacho; empezaba a resultarme complicado mantener un tono bajo.

–No parece que hayan tocado nada del sótano. En cambio, dentro de la pirámide he encontrado dos sillas y varias cuerdas tiradas en el suelo, como si...

–¿Como si hubieran retenido a dos personas?

–Exacto.

–En cuanto te cuelgue llamaré a Scott y a Anne. Esto no me gusta. Nos vemos en la oficina en una hora.

–¿Aviso a Lara?

–Sí, haz el favor.

–A la orden, jefa.

Tras colgar probé suerte con el número de Scott, pero me saltó el contestador. «Mierda». Le dejé un mensaje de voz y le envié un mensaje:

Ponte en contacto conmigo. Es importante.

El móvil de Anne comunicaba, así que procedí del mismo modo. «Seguro que los ataron a esas sillas. Espero que no estén...». Un escalofrío me recorrió la columna vertebral.

Me puse el uniforme y besé a mi esposa en la mejilla, desvelándola levemente.

–Tengo trabajo. Luego te llamo –le susurré al oído.

–Vale –contestó adormilada.

La observé tendida sobre la cama y sonreí.

«Luego dirá que me he ido sin decir nada».

La casa de Anne estaba cerrada y nadie contestó a mis timbrazos. Regresé taciturna a la oficina y entonces, cuando el sol asomaba tímidamente, sonó mi móvil. Me tranquilizó comprobar que era Anfernee Scott quien llamaba.

–¿Dónde estáis? ¿Anne anda contigo? Llevo un buen rato buscándoos y ya empezaba a ponerme en lo peor.

–Estamos bien, de camino a Nueva York. Vuelvo a casa, *sheriff*, y Anne se viene conmigo. Está en manos libres, por cierto.

–¿Qué ha pasado? Mi ayudante montaba guardia en la mansión y lo han dejado fuera de juego con un dardo tranquilizante.

–Con nosotros han hecho lo mismo. Han allanado la casa de Anne y…

–Os han retenido dentro de la pirámide, ¿verdad?

–Verdad. Eran como una decena, con sotanas y máscaras funerarias.

–¿Habéis logrado identificar a alguien?

–No. Era imposible.

Mentí en parte para proteger al único nuwaubiano que parecía tener alma.

–¿Seguro?

–Seguro. No pudimos verles la cara. Uno de ellos se puso a hablar, pero no reconocimos su voz.

–¿Y qué dijo?

–Chorradas sobre un nuevo amanecer del nuwaubianismo. Ya sabe: cosas de sectas.

–Cosas de sectas. –Me pasé la mano por la cara, agobiada, mientras la mayor parte de mis vecinos aún dormía–. No deberíais haberos ido sin mi permiso.

—Con el debido respeto, *sheriff*, usted no es nadie para decirme lo que puedo o no hacer cuando mi vida corre peligro.

—Con todo mi respeto —repetí ofendida—: usted no es nadie para decirme lo que puedo o no ordenarle. Le sorprendería saber hasta dónde llega mi autoridad.

—¡Basta, joder! —Anne entró en la conversación como un elefante en una cacharrería—. Sandra, sigue haciendo tu trabajo, que lo haces muy bien. Lo digo en serio. Y, si necesitas algo de nosotros, hay una cosa que se llama videollamada, por Dios. Tampoco es que podamos hacer gran cosa en Heaven Lost, ¿no?

Respiré hondo y traté de tranquilizarme.

—Hablamos dentro de un rato —dije, para finalizar la conversación.

—De acuerdo —dijo Anne.

Scott guardó silencio.

Colgué.

La puerta de la oficina no quedaba lejos y las campanas de la iglesia estaban a punto de anunciar las ocho de la mañana. Vi luz dentro. Lara y Jonny me esperaban en la recepción, con más preguntas de las que estaba dispuesta a contestar. Antes de ponerme a dar órdenes y respuestas, necesitaba organizar mis ideas.

Cuatro horas y media más tarde

El agente especial John Donald, quien capitaneó la redada que puso fin a Tama-Re en 2002, se presentó en mi oficina a última hora de la mañana. Lo esperaba por la tarde, pero así actuaban los agentes del FBI: no rendían cuentas a nadie.

Tras las presentaciones de rigor —aunque ya nos conociéramos de la videollamada— le entregué la carpeta que contenía los informes que había redactado durante aquellos convulsos días.

—Está todo ahí adentro, pero, como ya le dije durante nuestro primer encuentro, este asunto nunca hubiera salido a la luz de no ser por unos extraños sucesos, llamémoslo acoso, al que los nuwaubianos sometieron a Anfernee Scott. Supuestamente, claro.

Consideré que lo mejor era mostrarme cautelosa. Por muchos indicios que existieran, casi todo estaba aún por demostrar.

–El Rey del Misterio –dijo Donald con retintín.

–El mismísimo.

–Pues tendré que hablar también con él.

–Ha vuelto a Nueva York. Y, aunque me haya cabreado, no puedo reprochárselo. Lo raro es que no se largara antes.

–No se preocupe. Yo vivo en Manhattan… Bueno, le explico lo que haremos a partir de ahora. Básicamente, confirmar y apuntalar, ¿de acuerdo? Primero me enseñará los documentos y objetos que encontraron en la mansión. Luego iremos a ver la pirámide y el sótano. Comeremos mientras me transmite sus impresiones y, al terminar, me acompañará a entrevistar a Adhir y Demond Sarkis. Más tarde iremos al cementerio a comprobar si algunos nichos están más llenos de lo que deberían. O ya mañana por la mañana, según se tercie. Puede que se nos eche la noche encima. El sepulturero nos será de ayuda en tales menesteres. Abriremos las tapas, comprobaremos si están los cuerpos de los niños y volveremos a cerrarlas. Si encontramos uno solo, un equipo forense del FBI llegará en pocas horas. Los criminalistas tomarán muestras no solo de los nichos, sino también de los objetos que usted custodia en esta oficina, del sótano, de la pirámide, de la Casa del Lago… Incluso, de confirmarse nuestras sospechas, del taller y la casa de Demond Sarkis y de la de su predecesor en el cargo. Puede que los de Dactiloscopia den con alguna huella vinculante. El problema no será demostrar los hechos, sino probar quiénes los perpetraron. Pero lo haremos, no le quepa la menor duda.

Me sonrió, pero no pude devolverle el gesto.

–Nuestros antropólogos identificarán los restos humanos y los entomólogos determinarán las fechas de las muertes y, con un poco de suerte, las causas. Documentoscopia estudiará los documentos con datos de desaparecidos y, de estar alguno escrito a mano, daremos con su autor. –Me miró a los ojos y alzó las cejas–. ¿Nos ponemos manos a la obra?

–Ardo en deseos.

Me levanté de la silla con más ganas que nunca de llegar al fondo de un asunto. Sin embargo, lo que más me animaba era empapelar a los Sarkis.

Estudió los documentos y objetos que descubrimos en la mansión, debidamente clasificados en bolsas para pruebas. El agente especial John Donald, con las manos enguantadas, observó las pistas una a una, sin prisa, pero sin pausa.

–De acuerdo –dijo tras dar por finalizada la inspección ocular–. Lléveme a ver esa pirámide.

Me puse al mando del coche patrulla y arranqué con Donald acomodado al otro lado de la caja de cambios. Me dispuse a circular hacia la mansión Waitman. Aunque fuese propiedad de Adhir Sarkis, era tal el rechazo que sentía por aquella familia que mi mente se negaba a referirse a ella como «mansión Sarkis».

Sin embargo, un hecho insólito me hizo apartar el pie del acelerador: la tienda de Tituba estaba cerrada. Un mes antes no me habría sorprendido. Todos tenemos de vez en cuando una visita importante, nos ponemos enfermos o nos tomamos unas vacaciones para recargar pilas, pero aquel día un hecho aparentemente ordinario me pareció el más extraordinario que había visto en mi vida.

–Espere un momento. Déjeme comprobar una cosa.

–Por supuesto.

Crucé la plaza e incrusté la cabeza entre los barrotes de la reja de ballesta que le había visto abrir y cerrar mil veces a Tituba. Al otro lado del cristal colgaba un cartel de CERRADO y, más allá, como en una película postapocalíptica, estanterías vacías.

«No me jodas».

Llevé a cuestas mi molesto sobrepeso hasta el taller de los Sarkis, dejando al agente especial aguardando en el coche patrulla. Corrí todo lo que me permitieron mis piernas; más de un vecino frunció el ceño al verme tan agitada.

Al doblar la esquina, a un centenar de metros del destino, me quedé paralizada. Encontré la calle intrigantemente llena de coches; pasaba a diario por allí y jamás había visto aparcados ni una décima parte. No quedaba un hueco libre. Algunos vehículos se hallaban estacionados en doble fila.

Tras el impacto inicial, caminé hasta detenerme ante la puerta del taller, que, como la tienda de Tituba, estaba cerrado. Me acerqué a uno de los coches aparcados en doble fila y tiré de la manija de la puerta del conductor. No me sorprendió que estuviera abierto, ni con las llaves puestas. Probé con otros cinco vehículos y obtuve el mismo resultado. Escudriñé entonces el interior del taller a través de la cristalera, tras la que también colgaba un cartel de CERRADO. «Podrían haber bajado la cortina metálica y dejado los coches dentro –pensé–. Es lo lógico cuando uno pretende largarse sin hacer ruido. Pero no».

Me tomé aquello como un mensaje, un desafío: «Nosotros matamos a esos niños y no nos importa que usted lo sepa, *sheriff*».

Hinqué las rodillas en el asfalto.

–¡Joder!

–Dígame, jefa –dijo Jonny al otro lado del teléfono.

–Trata de localizar a cualquiera de los Sarkis. También a Tituba Sow y a Morgan Reade. Si encuentras a alguno de esos granujas, espósalo y llámame de inmediato. Y ve con cuidado, no son trigo limpio.

–¿Demond no está en el taller y Tituba en la tienda? Son horas de…

–¿Alguna vez podrías simplemente obedecer? –le sugerí con un tono que bordeaba lo inapropiado, por mucho que yo fuera su superior–. ¿Tienes que cuestionarlo todo?

Se hizo el silencio. Por un momento pensé que me había colgado.

–La llamaré si logro localizar a alguno de ellos.

Colgamos sin despedirnos. Aquel fue un vivo ejemplo de «pagar justos por pecadores». Me arrepentí enseguida de haberlo tratado de aquella manera. No lo merecía en absoluto. La desesperación me arrastró a comportarme injustamente con mi buen ayudante. «Luego le pediré perdón», me dije en un susurro.

Volví al coche patrulla y cerré de un portazo.

–Pensaba que le había pasado algo malo, *sheriff* –confesó John Donald–. Estaba a punto de salir a buscarla.

–Se han largado. Le han visto las orejas al lobo y han puesto pies en polvorosa.

–¿Qué?

–Los Sarkis y Tituba Sow. Han abandonado el pueblo esta misma noche. Y tengo el presentimiento de que no piensan volver. ¿Quién se va así, de la noche a la mañana, dejando sus negocios, su casa…?

–Los nuwaubianos.

32

El cementerio

Sandra Leigh

—Es exactamente igual que las de Tama-Re —determinó ante la pirámide, al tiempo que se frotaba el mentón—. Hay alguien montando guardia en la puerta del sótano, ¿cierto?

—Sí. Pero son voluntarios.

—Haré venir a un par de agentes mientras volvemos a su oficina para que los sustituyan.

—¿No quiere ver el sótano?

—Luego. —«Qué tío más raro», pensé—. Disculpe que la esté mareando de esta manera, pero la huida de los máximos sospechosos ha cambiado mi planteamiento. Entiéndame: antes de nada, tenía que verla con mis propios ojos.

Señaló la pirámide con el mentón.

—Lo entiendo.

—Necesito confirmar que existen esos cadáveres. Solo entonces emitiremos una orden de busca y captura internacional contra los Sarkis y Tituba Sow. Sus rostros aparecerán en todos los canales de noticias del país y en toda red social que se precie. Que se preparen para saber lo que es sentirse acosados.

—Ya va siendo hora de que lo vivan en sus propias carnes.

—Eso mismo.

Jonny contactó conmigo por radio mientras conducía de regreso a la oficina en busca de Nick, el sepulturero.

—Jefa, ni rastro de los Sarkis ni de Tituba. Por lo que he podido comprobar, se largaron con prisas. Morgan Reade se marchó también de vacaciones a Florida, o eso le dijo a uno de sus vecinos.

–Gracias.

Interrumpí la transmisión y me dirigí a John Donald:

–Debería de haberlos metido en una celda cuando me olí el pastel.

–No se fustigue, *sheriff*. ¿Con qué pretexto? No tenía pruebas suficientes como para leerles sus derechos. Si aparecen esos cuerpos, armaremos el caso para la Fiscalía y caerán como moscas, se lo garantizo. Usted no está habituada a tratar con tipos como Adhir Sarkis, pero yo, recuérdelo, interrogué a Dwight York durante horas. Es habitual que se escondan como ratas cuando huelen el fuego. Pero no olvide que el FBI gasta las mejores ratoneras.

Una hora más tarde

Nick abrió la tapa del primer nicho y todo cobró «sentido». Los restos de un ser pequeño e indefenso se mostraron ante mis ojos empañados. Parecía haberse quedado dormido apoyado en una de las paredes de aquel frío y lúgubre hueco.

–Esos malnacidos se llevaron el ataúd y en su lugar colocaron el cadáver –atestigüé, subida en una escalera con ruedas, útil para llegar a los nichos más altos.

«A ver cómo les digo ahora a los hijos del difunto que han robado el ataúd de su padre, con él dentro –pensé sombría–. Vete a saber cuánto llevan rezándole a una tumba vacía. Bueno, vacía no».

–Cierra y pasemos al siguiente –le ordenó Donald al sepulturero.

Uno tras otro, los seis nichos restantes mostraron esqueletos de niños.

Nick se desmoronó cuando abandonamos el cementerio. Se arrodilló ante la puerta y rompió a llorar mientras hundía la cara entre las manos.

–No sabía lo que estaban haciendo. Lo juro. Creía que era un tema de drogas. ¿Qué he hecho, Dios mío? ¡¿Qué he hecho?!

No sentí lástima por él.

Llegaron los hombres y las mujeres de blanco, con sus impolutos monos con capucha, sus guantes de látex, mascarillas y cubrezapatos. También las mujeres y hombres trajeados, con la placa asida al cinturón o colgando del cuello. Y quienes sujetaban micrófonos deseosos de entrevistar, que acechaban a las puertas del camposanto como buitres sobre un animal moribundo. Dos coches patrulla cruzados ante la entrada y una larga cinta policial contenían a prensa y curiosos.

Heaven Lost se convirtió de la noche a la mañana en un circo mediático. La mayoría de aquellos reporteros habrían pagado un dineral por meter las narices e inspirar el hedor a muerte que desprendían los nichos. Habrían sacado con gusto una entrada para el cementerio. El mal está al acecho en nuestro corazón. Con el impulso necesario, todos podríamos arrebatar una vida. Sin embargo, no todos somos aptos –por fortuna– para cometer los crímenes del nuwaubianismo. Las bolsas para cadáveres, las camillas y los vehículos forenses tampoco se hicieron esperar.

«Nosotros nos encargamos de todo, *sheriff*. Puede seguir velando por la seguridad de sus vecinos, como ha estado haciendo tan bien hasta ahora. Le daré un toque si la necesitamos. Y gracias por todo». Recibí aquellas palabras de John Donald como un preso un indulto presidencial a las puertas de una cámara de gas.

Puse rumbo a la oficina, dando por terminada mi historia con los nuwaubianos. Conduje taciturna, recapitulando, dándole vueltas a los sucesos que nunca podría olvidar. Que los federales se encargaran de todo me quitaba un peso de encima, pero no todos. Notaba sobre los hombros la carga de algunas de mis decisiones, por mucho que John Donald no me hubiera recriminado ninguna de ellas. «No tenía pruebas suficientes como para leerles sus derechos», recordé. No obstante, no debí ceder ante Tituba. «Te cagaste por la pata abajo, Sandra», me dije a mí misma.

Mientras conducía, me juré que no volvería a arrodillarme ante nadie.

Tuve que pasar entre los reporteros aglomerados ante la entrada de la oficina, a quienes empujé como quien avanza hacia el escenario de un concierto de *rock* con todas las entradas vendidas.

–¡Por favor, despejen la entrada! –rogué en alto desde la puerta–. De momento, esta oficina no hará ninguna declaración. Más adelante, procederemos a dar una rueda de prensa, probablemente en el polideportivo. Gracias.

Cerré y, a través de la cristalera, vi cómo los periodistas se largaban con cara de decepción.

–Hola, Martin. –Saludé a un viejo amigo de mis padres, que esperaba al otro lado del mostrador–. ¿Qué te trae por aquí?

–Nada importante. He atropellado a un jabalí y necesito que lo certifiquéis. Su ayudante le ha echado unas fotos a mi camioneta, que está aparcada ahí detrás y… En fin. Antes de que usted entrara ha salido a por no sé qué documentos que necesito para el seguro.

–Bien.

La barba del granjero parecía un nido de pájaros. Su rostro estaba lleno de arrugas, granos y manchas, casi tan desgastado como su mono de trabajo y sus botas.

–Menuda la que se ha liado en el pueblo –observó severo.

–Ni que lo digas.

–Siempre supe que esos negros no tramaban nada bueno.

–Afroamericanos, si no te importa. ¿Y a qué te refieres?

–A los que llegaron en tropel en los noventa.

–Ya. –Desistí de sacar nada en claro de aquel hombre de ideas retrógradas–. Hasta otra, Martin.

–Nos vemos.

Saludé a Lara cuando nos cruzamos por el pasillo. Parecía agobiada y no tenía noticias de Jonny.

Las palabras de mi racista vecino se repitieron en mi cabeza los días posteriores, haciéndome sospechar de todos y cada uno de los afroamericanos de Heaven Lost, principalmente de quienes acompañaron a Tituba Sow durante su ferviente protesta ante la oficina.

Me dejé caer sobre mi silla giratoria.

Ya nada volvería a ser lo mismo.

Mientras echaba la vista atrás, me pregunté cuántos de «ellos» seguirían ocultándose en el pueblo.

33

Las teorías

Anfernee Scott

Dos días antes

Pulsé el mando a distancia de la puerta corredera cuando pasaban diez minutos de las once de la mañana. Las ruedas del coche giraron sobre el camino empedrado del jardín a plena luz del día.

–Menudo casoplón… –dijo Anne con los ojos vidriosos.

Sonreí. Atrás quedaba la oscuridad de la noche anterior. Volvía a estar en casa tras unas «vacaciones» tremendas y, además, bien acompañado.

«Tengo novia –pensé puerilmente–. A Lorene le va a encantar».

No habíamos sufrido daños más allá de un inevitable –y tenía la esperanza de que leve– estrés postraumático, y de Heaven Lost había sacado una buena historia que ardía en deseos de seguir plasmando en el papel. Dejando a un lado el peligro que habíamos corrido dentro de aquella pirámide y huyendo después a través de bosques, sendas y caminos de tierra, no podía quejarme del resultado final.

Vi luz en la vidriera de la cocina antes de guardar el coche en el garaje.

Me sentí a salvo, capaz de superar la inseguridad que aparecería cuando todo se asentase en nuestras mentes: aún no éramos conscientes de que una parte de nosotros se había quedado en Heaven Lost.

«Lorene se habrá llevado una buena sorpresa. Probablemente me espere una regañina por no haber avisado de mi llegada».

–Ya cojo yo el transportín –dijo Anne antes de bajarse del coche.

–De acuerdo.

Habían pasado algunos minutos, pero Lorene no había salido a recibirnos.

«Qué extraño. Por fuerza ha tenido que ver el coche. –Empecé a ponerme nervioso–. ¿Y si…?». Rememoré el pinchazo en el muslo que había recibido en casa de Anne.

Caminamos hacia la cocina. Fingí normalidad mientras Anne no dejaba de observarlo todo, moviendo los ojos de un lado a otro del pasillo, mirando dentro de las habitaciones a nuestro paso, como Tinta cuando entraba en un lugar desconocido.

–Luego te enseño la casa con calma –dije ante su evidente curiosidad.

–Perfecto.

No se oía un alma; un silencio inquietante lo llenaba todo, como pasos en una casa que crees que solo habitas tú.

Cuando entré en la cocina lo que vi me detuvo en seco: mi empleada doméstica tenía la cabeza metida entre los muslos de un hombre, ¡como Dios la trajo al mundo!

–¡Pero bueno! –gritó Lorene al percibir movimiento en el umbral de la puerta.

Nos miró con cara de no saber dónde meterse.

–¡¿Pero qué cojones…?! ¡Por Dios, Lorene!

Se vistió mientras yo me tapaba los ojos con las manos. Detrás de mis dedos, no obstante, se ocultaba un rostro al borde del desternille. Bastantes preocupaciones tenía ya como para tomarme a pecho haberla encontrado con las manos en la masa.

Se quedó inmóvil, como quien es sorprendido robando.

«Esta pillada *in fraganti* tiene que aparecer en *Inspiración*, ya veremos cómo me las apaño para que Lorene me dé su consentimiento. Será el contrapunto perfecto al drama», pensé.

El señor se bajó de la isla con una agilidad pasmosa, no sé si porque realmente era un tipo rápido o porque le apretó la necesidad, y se subió los calzoncillos y los pantalones en tiempo récord.

«A ver quién tiene ahora el valor de comer en esa isla».

–Yo mejor me voy yendo –dijo con cara de circunstancias.

–Será lo mejor –consideró Lorene–. Luego te llamo.

El señor, de edad pareja a la de mi empleada, pasó por mi lado con la cabeza agachada y se perdió más allá del pasillo hacia la salida.

–¡No lo esperaba, señorito! –vociferó Lorene, una vez que su novio, amante, gigoló o lo que fuera había abandonado la casa–. ¡¿Tanto le costaba llamar?!

–Quería darte una sorpresa.

–¡Pues me la has dado, joder!

Anne soltó una risa ahogada.

–No pasa nada. La culpa es mía por no avisar. Además, te dije que podías traerte a un maromo si querías. –Anne volvió a soltar una risa contenida–. No podré borrar de mi mente ciertas imágenes, pero… –Sonreí–. Hagamos como que esto no ha pasado, ¿de acuerdo?

Anne y Lorene asintieron con la cabeza, una más ruborizada que la otra.

–Bueno, pues esta es Anne, mi…

No supe como continuar la frase.

–Su pareja.

Agradecí que me «desatascara».

Anne y Lorene parecieron caerse bien.

Comimos como una familia bien avenida –en la isla no, por supuesto– y pasamos la tarde charlando en el jardín. Cuando Lorene formuló la inevitable pregunta «¿Y cómo os conocisteis?», decidí no esconderle los oscuros acontecimientos que me habían obligado a volver prematuramente de Heaven Lost. Tras prestar oídos, no cupo en su asombro. Pero, como buena resiliente que era, le dio más importancia a los acontecimientos positivos –mi nueva pareja y la inspiración– que a los perturbadores incidentes.

34

Las noticias

Anfernee Scott

Al día siguiente

Las imágenes que aparecían en pantalla se apropiaron de mi voluntad. Tanto Anne como yo nos quedamos boquiabiertos ante el televisor. Ojipláticos. Petrificados. Una toma aérea, supuse que grabada desde un dron, mostró el interior del cementerio de Heaven Lost, que más que un camposanto parecía un hormiguero. Tras aquellas desoladoras imágenes, la cadena conectó con Nueva York.

Una reportera apareció ante el imponente Ayuntamiento, dispuesta a entrevistar a una mujer afroamericana con el cabello enredado característico de los rastafaris. La presentó como Soraya Crowe, portavoz del nuwaubianismo, y formuló la pregunta pertinente:

—Las primeras pesquisas halladas por el FBI apuntan a que el nuwaubianismo está detrás de los asesinatos de los siete niños hallados en el cementerio de Heaven Lost. ¿Qué tiene que alegar el nuwaubianismo al respecto?

—Te agradezco que me hagas esta pregunta. Yo misma he hablado hace unas horas con el agente especial al mando de la investigación y puedo asegurarle que los nombres que maneja el FBI no se identifican con nuestra ideología. Dé por hecho que no encontrarán una sola prueba que los vincule con el Nuevo nuwaubianismo. Esos hombres y mujeres fueron seguidores de Dwight York y por dicho motivo expulsados de nuestra comunidad. Sus ideologías, que promueven el hostigamiento, la opresión, el odio, la discriminación y la violencia contra quienes consideran sus enemigos, no encajan con el Nuevo nuwaubianismo.

—¿Y contra qué lucha el Nuevo nuwaubianismo?

—El Nuevo nuwaubianismo ve el mundo en blanco y negro. Busca la igualdad de derechos para los afrodescendientes. Desde el encarcelamiento de York, por unos crímenes que la mayor parte de los nuwaubianos desconocía, el movimiento ha virado hacia otros horizontes, tratando de llamar la atención pública sobre la discriminación que padecemos los afroamericanos en este país. Estos crímenes los perpetró un nuwaubianismo diferente, liderado por quien ya no nos representa. El Nuevo nuwaubianismo no busca imponer el predominio de la raza negra en Estados Unidos.

—Gracias por contestar a nuestras preguntas.

—Gracias a vosotros.

Apagué el televisor. Aquella mañana me había levantado de buen humor, en parte por haberlo hecho al lado de Anne y en parte por haberlo hecho lejos de Heaven Lost. Pero aquella noticia logró abismarme de nuevo en sus calles, en la Casa del Lago, en la mansión Waitman.

—Paparruchas —soltó Anne con desprecio—. Es imposible que Adhir, Elon y Zac Sarkis y la maldita Tituba, cuatro paletos sin estudios, perpetraran los… —Pareció quedarse en blanco—. No sé ni cómo llamar a lo que hicieron. Además, como mínimo fueron cinco, contando al tipo que se hizo pasar por *sheriff*.

«Y eso que no sabes lo del vídeo», pensé.

—Tratemos de pasar página. Esos niños llevaban muertos mucho tiempo. Los crímenes del nuwaubianismo no tuvieron nada que ver con nosotros.

—Sí. Mejor salgamos a dar un paseo.

—Eso. Y te enseño la urbanización.

La noticia del descubrimiento de siete niños enterrados en el cementerio de Heaven Lost me libró de ciertos remordimientos.

Una sensación extraña. El terrible desenlace me dio a entender que ocultar el contenido del *pendrive* no había cambiado nada. La huida de los Sarkis, de Tituba y el anterior *sheriff* de Heaven Lost me ahorró un sentimiento de culpa. Pero ahora me invadía una pregunta: «¿Con qué propósito me enviaron el vídeo?». No le encontraba lógica a la actuación de la mujer forrada de látex; me turbaba saber que fingió mientras el *sheriff* y su ayudante de pega la introducían en una bolsa para cadáveres.

Fuera cual fuese el fin del acoso que sufrí en Heaven Lost, no iba a ser manifiesto. Por fortuna, las preguntas recurrentes fueron perdiéndose en el tiempo, como todo lo que sucedió en Heaven Lost. Sin embargo, nunca se alejaron lo suficiente como para que pudiera olvidarlas.

35

Inspiración

Anfernee Scott

Dos años y medio después

El FBI nos entrevistó tres veces en poco más de una semana. Pero, desde entonces, lo único que sabíamos sobre el caso era que nadie había pagado por los crímenes que la prensa bautizó como los Crímenes del nuwaubianismo. Gracias a la *sheriff* Leigh, con quien Anne mantenía contacto telefónico –me negaba en redondo a volver a Heaven Lost–, estábamos al tanto de que el rastro de los Sarkis y Tituba se enfriaba peligrosamente.

Morgan Reade, en cambio, cayó dos semanas después de que hallaran los cuerpos en el cementerio. Le leyeron sus derechos y lo sacaron esposado de un motel de Alabama, para poco después meterlo en una sala de interrogatorios. Confesó haber aceptado sobornos bajo coacción de un grupo de personas a las que jamás les vio el rostro.

Pero a los principales sospechosos parecía habérselos tragado la tierra.

Lorene y Anne se llevaban de maravilla. Mi novela *Inspiración* llevaba meses batiendo récords de ventas. Mi nueva representante, Andrea Gómez, era eficaz y encantadora. Y lo más inspirador: Anne estaba embarazada de mi primer hijo. No podía pedirle más al universo. Tal vez que borrara de mi mente los horrores que me hacían despertar sudoroso en plena noche, pero esa petición –seamos honestos– habría sido de lo más cínica: mi paso por Heaven Lost seguía fresco en mi memoria gracias, en parte, a mi última novela. No se puede tener todo, y menos aún olvidar lo que has pretendido que perdure en la memoria del lector.

Durante semanas no se habló de otra cosa. Se estaba rodando una serie sobre el nuwaubianismo, protagonizada por Adrien Brody, y Netflix y HBO habían rodado sendos documentales sobre la secta en tiempo récord, aprovechando el tirón de mi novela. Más de un año después de su publicación, el *hashtag* #nuwaubianismo sigue arrasando en las redes sociales.

Salí al jardín en bañador, dando por concluida mi habitual sesión matinal de escritura. Encontré a mi esposa y su hermosa barriguita sobre una tumbona, tomando, en bañador y gafas de sol, su acostumbrada sesión de rayos UVA. Observé su cuerpo bañado por los rayos de sol y por poco sentí envidia del astro rey.

—Hola, amor.

—Hola, cielo. ¿Te tumbas un rato conmigo?

—Pues claro. Pero luego nos ponemos bajo la pérgola, que empiezas a parecer un cangrejo.

—Tú sí que pareces un cangrejo, pinchándome siempre que puedes con tus alargadas pinzas.

Sonreí, la besé en los labios y me acosté en la tumbona de al lado.

—Recuerda que este viernes tenemos firma de libros en Manhattan —mencionó mi cónyuge y ayudante.

—No se me olvida, tranquila.

Anne sonrió, sabedora de que me estresaban los grandes acontecimientos. No obstante, una vez que empezaban, me encontraba en mi salsa. El problema eran los días previos, durante los que no hacía más que darle vueltas al asunto. Era consciente de que no se trataba de un problema de tablas, sino más bien de mi maldito miedo al fracaso: ese miedo que te frena —como dejé constancia en *Inspiración*— y al mismo tiempo te empuja.

A mí, tras regresar de Heaven Lost, el poder del miedo me empujó a desistir. Pensé: «Tengo amor y más dinero del que puedo gastar. ¿Por qué arriesgarme a sufrir las represalias de una panda de asesinos?». Era consciente de que mi novela no dejaría en buen lugar a los nuwaubianos y de que estos no se andaban con chiquitas. Habían conseguido secuestrarnos y atarnos a dos sillas dentro de una pirámide, hacernos pasar más pavor del que creíamos posible. Por ello, cuando aparecieron las dudas, Anne me hizo comprender que necesitaba limpiar mi sangre del veneno del miedo. Así que, tras unas semanas de desintoxicación, retomé la escritura con más fuerza si cabe. Ahora estoy convencido —y así lo atestigua la crítica del *New York Times*— de que *Inspiración* es mi mejor novela y que será difícil superarla.

36

La presentación

Anfernee Scott

Por culpa de un atasco monumental, llegamos a la Quinta Avenida con la hora pegada al culo. La cola de lectores que esperaba mi llegada resultaba abrumadora.

—Madre mía, cariño —dijo Anne con cara de asombro—. Da la vuelta a la manzana.

En el establecimiento de Barnes & Noble, donde uno podía tomar café mientras se perdía entre libros, no cabía un alma. En momentos como aquel recordaba mis inicios, las negativas de las editoriales y de los agentes literarios, la frustración. Sentí nostalgia al recordar a Edmund. Fue el único que apostó por mí cuando nadie se dignaba a leer mis manuscritos. Y yo le devolví el favor dándole la patada cuando más me necesitaba. Supongo que su desliz me pilló en mal momento. Tras volver de Heaven Lost me arrepentí de haberlo despedido de aquella manera, cuando en el fondo solo trató de devolverme a la senda de la iluminación. No obstante —por fortuna para mi mala conciencia—, tenía entendido que le iba bien y que seguía casado con la mujer que decoró la casa que tanto aparecía en *Inspiración*.

El chófer pasó de largo, dobló en el primer semáforo y se metió en el aparcamiento subterráneo del edificio. Mi representante, Andrea Gómez, nos esperaba ante el ascensor, señalándose el reloj.

—Lo sé, lo sé, llegamos tarde.

La besé en la mejilla. Anne hizo lo propio y tomamos el ascensor rumbo a la primera planta.

—Menudo éxito —dijo Andrea con su mejor sonrisa—. Ahí arriba ya deben de estar sacando las uñas.

—Solo pasan diez minutos de las seis —la tranquilicé mientras me ajustaba el cuello de la camisa—. No es para tanto, mujer.

—Pero diez minutos esperando al gran Anfernee Scott se hacen largos, te lo digo yo —bromeó Anne, metida en un elegante vestido negro.

Dos horas y media después

—¿Cómo te llamas, joven? —le pregunté al lector.

—Brian Dungey, señor. —Su voz temblorosa denotaba sus nervios—. Es usted una fuente de inspiración para los escritores noveles. Fue usted muy valiente. Yo no me hubiera atrevido a escribir *Inspiración*.

Escribí en la página en blanco opuesta a la portada interior: «Para Brian Dungey, un joven escritor que algún día logrará su sueño». Y estampé mi rubrica.

—No fue fácil —confesé en referencia a la encarnizada lucha que entablé contra mis demonios—. Te deseo suerte con tus novelas.

—Gracias. Significa mucho viniendo de usted.

Brian abandonó la fila con su libro firmado y una nueva seguidora ocupó su lugar con una sonrisa y su ejemplar apretado contra el pecho.

—Un momento —le rogué.

La mujer asintió. Tenía el pelo rubio y largo y los ojos azules, debía de tener unos cincuenta años.

Eché un rápido vistazo a la hilera que se alargaba tras ella: apenas quedaba una veintena de lectores a los que agraciar con mi firma. Me volví hacia Anne y le guiñé un ojo. Ella se acercó, me colocó las manos sobre los hombros y me susurró «ya queda menos». Cuando volví a mirar al frente sufrí un sobresalto que por poco hace que me desmaye sobre la silla: alguien había dejado sobre la mesa un ejemplar de *Inspiración*, con la portada marcada a fuego con una cruz ansada. Fue tal mi cara de espanto que la mujer que aguardaba con ilusión a que le firmara su ejemplar empalideció de pronto.

—¿Está usted bien, señor Scott?

Supuse que aún no había leído la novela que guardaba con fervor entre las manos; de conocer mi periplo por Heaven Lost, aquel ejemplar marcado a fuego le habría dado una clara pista sobre las causas de mi repentino cambio de estado de ánimo.

Anne asomó la cabeza por encima de mi hombro al advertir que algo no marchaba bien.

—¡No tiene gracia! —gritó fuera de sí.

Apartó el libro de mi vista.

«Están aquí», pensé.

—Lo siento —me disculpé, sin ni siquiera mirar a los ojos de la señora que tenía delante.

Me alejé de quienes habían guardado cola pacientemente, con Anne siguiendo mis pasos. Mi agente nos siguió con la mirada, atónita.

—Espera —me rogó Anne—. ¿A dónde vas?

Me detuve cerca del ascensor.

—No lo sé —dije confuso—. Están aquí. Han vuelto.

—Nos hemos preparado para esto. La gente es mala. Era solo cuestión de tiempo. Es una broma macabra, cielo. Solo eso. Media Nueva York ha leído *Inspiración*. Saben cómo acojonarte. A un par de imbéciles se les habrá ocurrido la brillante idea de marcar la cubierta de tu novela con una cruz ansada y... Lo hemos hablado muchas veces. Cabía la posibilidad. Todos tenemos detractores. Nos hemos preparado para esto —reiteró—. Sabíamos que tarde o temprano volverían los fantasmas.

—Pues no estaba preparado.

Andrea se interesó por mi estado:

—¿Qué ocurre?

—No me encuentro bien —mentí a medias—. Me ha dado una especie de vahído.

–¿Qué les digo a tus lectores?

–Que te den su dirección –se me adelantó Anne–. Pídeles perdón de su parte. No sé. Diles que ha sufrido una indigestión y que les enviaremos un ejemplar firmado de *Inspiración* y otro de *Delirios* a sus casas. Haz el favor.

–Claro.

Mi representante se retiró a hacer lo que le habíamos pedido.

Desde el pasillo pudimos oír el «Oh…» de decepción de algunos lectores. Incluso un «No me jodas» alto y claro. Unos lamentos que me dolieron en el alma. Pocas cosas habrían conseguido apartarme de aquella mesa; a fin de cuentas, eran ellos quienes me habían conseguido el éxito.

–Vámonos a casa, amor –dijo Anne con delicadeza–. Estás al borde de un ataque de ansiedad. Necesitas tranquilidad. Al llegar nos tomamos un par de güisquis y arreglado.

Sonreí.

–Tú no puedes beber.

–Era un decir, hombre.

37

Los cielos perdidos

Anfernee Scott

Anne trató de tranquilizarme durante el trayecto. Era capaz de hacer borrón y cuenta nueva con una facilidad pasmosa, limpiar todo aquello que le lastraba en el camino hacia la felicidad. Yo, en cambio, aprobaba la parte teórica, pero suspendía la práctica. Envidiaba su optimismo. Era un hombro sobre el que llorar cuando el mundo tomaba tonalidades oscuras. Yo no lograba borrar los malos momentos y subrayar el presente, pero ella y Lorene hacían todo lo posible para mostrarme el lado positivo de las cosas o, por lo menos, el menos perturbador.

–Los nuwaubianos no tienen por qué estar enfadados contigo –me dijo mi esposa–. Contaste tu historia. Nada más. Ellos forman una parte importante, de acuerdo, pero un asesino confeso no debería ofenderse porque lo llamen «criminal». Fueron ellos quienes mataron a esos niños. El FBI lo demostró. Los nuwaubianos que residían en Heaven Lost siguen en busca y captura. Podemos comunicarles a los federales lo que ha pasado hoy, pero estoy convencida de que solo ha sido una broma de mal gusto. Ya verás como mañana encontramos un vídeo en YouTube de tu cara de susto y mi despotrique. Así funciona ahora el mundo de muchos infelices: cualquier cosa vale con tal de conseguir seguidores.

–¡Pues me cago en esos infelices! –le dije, con el miedo aún metido en el cuerpo.

Aquella noche cenamos en la cama.

Me tomé un par de pastillas de melatonina para conciliar el sueño y me acosté con una mano sobre su tripa, notando de vez en cuando las pataditas que daba mi hijo. «Todo irá bien», me dije mientras caía paulatinamente en un sueño profundo.

Horas más tarde, me desperté aturdido.

Había tenido una pesadilla: un hombre con oscuridad en lugar de rostro se acercaba a nuestra cama y me pinchaba en el cuello con una jeringa.

Entonces me di cuenta de que Anne no estaba a mi lado.

–¿Cariño?

No obtuve respuesta. Tinta tampoco dormía a mis pies. Todo permanecía bajo una triste penumbra. Pulsé el interruptor de la luz, pero no se encendió.

Me levanté en pijama y me calcé mis pantuflas de los Yankees.

–Cielo, ¿dónde te has metido?

Obtuve silencio por respuesta.

Supuse que había bajado a la cocina a por algo de comer.

Probé suerte con el interruptor del pasillo. Parecía evidente que se había ido la luz. O peor aún, que alguien, como años atrás en Heaven Lost, la había cortado deliberadamente.

«Mi móvil».

Recordaba haberlo dejado sobre la mesita de noche, así que regresé sobre mis pasos, pero no estaba donde habría perjurado que lo solté antes de acostarme.

«Anne no está, mi móvil ha desaparecido, no hay luz en toda la casa… Están aquí».

Anne guardaba su arma en el último cajón de su mesita de noche. Lo abrí con un nudo en el estómago, pero, como mi móvil, no había ni rastro de la pistola.

«No ha sido una pesadilla –comprendí–. Me han sedado y se la han llevado».

Bajé las escaleras con sigilo y, cuando me acercaba al último escalón, vi el primer jeroglífico: una serpiente trazada con pintura roja. O sangre.

Puse un pie en el pasillo central de la planta baja y descubrí el resto de los jeroglíficos: pájaros, jarras, manos, líneas, ondulaciones y cruces ansadas formando lo que supuse que eran frases siniestras.

Anduve hacia el comedor superando una a una aquellas líneas de símbolos que no sabía interpretar. Me detuve bajo el dintel de la puerta y entendí que aquella noche no podría escapar a la sentencia de mi destino. Encontré a Tinta colgada de la pared de enfrente, abierta en canal, con las tripas por fuera, sujeta por cuatro clavos, uno por pata: parecía una estrella de mar hecha pedazos. Debajo, tumbada sobre el sofá, descubrí a Lorene degollada. La sangre manchaba la tela beis y formaba un charco bajo una de sus manos, suspendida como el cuerpo de un ahorcado. Sobre la mesa del comedor estaba Anne, con el cuello rajado y el pijama cubierto de sangre...

Di un paso atrás y miré a un lado y a otro del pasillo al advertir que alguien chistaba. Sin tiempo de sopesar la situación, entreví a dos figuras que cerraban el paso en un extremo y a una tercera aguardando en el otro, intencionadamente ocultas bajo las sombras. No logré vislumbrar las facciones de ninguno de ellos, pero intuí quiénes permanecían inmóviles y acechantes, como fieras agazapadas entre la hierba.

Ni siquiera tuvieron que atacar. Me volví hacia el salón y observé de nuevo el desastre. «Están todas muertas». Y una severa conmoción les hizo el trabajo sucio.

Recobré el conocimiento como cabría esperar: maniatado sobre una silla, con tres asesinos clavándome sus miradas mientras yo trataba de digerir lo indigerible.

—Ya estás de vuelta —agradeció Adhir, con Tituba a su derecha y su hijo Zac a su izquierda. Llevaban túnicas blancas, como dentro de la pirámide años atrás—. Te has dado un buen golpetazo en la cabeza. Pensábamos que no lo contabas. Supongo que te preguntarás por qué nos hemos pasado por aquí a arruinarte la vida.

No respondí y, ante mi mutismo, Adhir decidió proseguir.

—Te necesitábamos para que el mundo conociera el nuwaubianismo.

—¿Solo pretendíais que le diera publicidad a la secta? —conseguí articular.

—¿Publicidad? No. Eternidad. Y no somos una secta, somos un movimiento. Buscamos darle la notoriedad que se merece y necesita para renacer, y la vamos a conseguir gracias a ti. Una vuelta a empezar. Un reinicio. Nos hundimos cuando nos apartaron de nuestro dios, pero tú nos brindaste la oportunidad de retomar nuestras obligaciones.

—¿Obligaciones? —dije con la cara enrojecida por la rabia—. ¿Hablas de secuestrar y violar a niños inocentes y hundir a sus familias en la miseria?

—Hacemos lo que ordena el Madhi.

—El Madhi —susurré con absoluto desprecio—. Nadie apoyará a una secta de pederastas. El FBI os perseguirá hasta que estéis todos en la cárcel, como hizo con el hijo de puta de vuestro líder.

—Cuidado con esa lengua, Scott, o me veré obligado a cortártela —me amenazó Adhir—. Y estás equivocado. Los seguidores del movimiento han crecido exponencialmente desde que publicaste *Inspiración*. Ahora lo llaman Nuevo nuwaubianismo. Qué más dará el nombre, si conseguimos nuestros propósitos. Hoy en día somos más de los que nunca soñamos. Cada vez estamos más cerca de nuestro destino. Hoy, quien más y quien menos conoce el nuwaubianismo, el último deber que se nos encomendó a quienes ves aquí contigo: mostrar el movimiento al mundo. A partir de ahora, nuestro único propósito será seguir escapando de aquellos que no entienden que el fin justifica los medios. Nosotros hemos cumplido con nuestra parte. O, mejor dicho, estamos a punto de hacerlo. El resto es cosa de ellos.

«¿De ellos?».

—¿Quiénes son ellos?

—Las altas esferas. Políticos, policías, médicos, banqueros…
¿Acaso crees que todos los nuwaubianos son mecánicos o tende-
ros? —Señaló a su hijo Demond y a Tituba con el mentón—. Esto
es más grande de lo que crees, escritor *best seller*. Y tú has ayudado a que así sea. Nunca habríamos logrado llegar al gran público sin tu colaboración.

—Caí en vuestra trampa, y ahora no me queda nada —admití—.
Pero confío en la sensatez del ser humano. No pasaréis de «secta
del montón», de «tarados con ínfulas»… aunque admito que tenéis bastante imaginación.

—Gracias. —respondió Adhir, sarcástico—. El guion corrió a cargo de un auténtico guionista de Hollywood, nuwaubiano desde
los inicios. En poco más de cinco días, desde que a ese viejo mio-
pe se le escapó que viajarías a Heaven Lost, se sacó de la manga
una historia magnífica. Una trampa de una maestría incontesta-
ble. No podía ser de otro modo. Debías morder el anzuelo y te
lo tragaste entero. No valían medias tintas. Necesitábamos una
serie de acontecimientos potentes que no pudieras ignorar, que
creyeras verídicos; en resumidas cuentas, que te resultara imposible mirar hacia otro lado. Y no creas que lo que viste fue lo único que sembramos.

El dolor me impedía abrir los ojos.

—Hubo más rastros, escritor. ¿Crees que plantamos únicamente
unos cuantos ojos de Horus donde intuimos que los encontrarías?
Debías descubrir la mansión y la pirámide para que tu desbordan-
te curiosidad hiciera el resto. Era vital, pero resultaba demasiado
arriesgado dejar algo tan importante en manos de dos elementos.
Necesitábamos diseminar señuelos por todo el bosque. Una vez
que mordieras el primer anzuelo, fuera cual fuese, Anne entraría
en escena para guiarte por el buen camino. Tu esposa embarazada era, y es, la pieza más importante del puzle. Imagina hasta qué
punto se comprometió que se casó y se dejó preñar por un hombre al que detesta.

–¡¿Pero de qué diantres hablas?!

–¡Anne, cielo! –reclamó Zac, sonriente, mirando hacia el sinuoso cuerpo ensangrentado de mi esposa–. ¡Deja de hacer el tonto, anda, y ven con los tuyos!

Miré hacia el cuerpo inerte de Anne, y esta, como una vampiresa manchada con la sangre de sus víctimas, volvió de entre los muertos. Y lo hizo a carcajada tendida, como si acabara de escuchar el mejor chiste del mundo.

«No. Por Dios. Ella no. Mi hijo no», grité para mis adentros, roto de dolor.

–¿No te cansas de que te tomen el pelo, escritor? –me preguntó entre risas.

Me quedé mudo, inmerso en un estado que rozaba la catatonia.

Anne se abrazó a Zac y le plantó un beso tan libidinoso que estuvo cerca de ser obsceno. Luego lo agarró por la entrepierna y me miró con gesto petulante.

–Te aseguro que la de los negros es mejor que la de los blancos. No hay color.

Aquella crueldad superaba cualquier daño que me hubieran infligido antes. Conocer que mis padres habían muerto a manos de dos desalmados ni se acercó a lo que sentí durante aquella noche. A veces soñamos cosas terribles y, no obstante, somos conscientes de que dormimos, de que todo acabará de un momento a otro. Pero sentado en aquella silla experimenté todo lo contrario. Me sentí inmerso en una pesadilla, pero consciente de que estaba despierto y de que el dolor nunca se acabaría.

«Ha fingido durante más de dos años. Incluso se ha quedado embarazada de mí, y todo con un fin macabro».

Adhir se acuclilló ante mí.

–Creo que, como poco, después del favor que nos has hecho, mereces una explicación –me dio dos palmadas en la pierna–. En fin, como iba diciendo, hubo más señales. Por eso te llevé a dar un paseo en barca, ¿recuerdas? Fue una pena que no te fijaras en el gran ojo de Horus que tallamos entre los troncos de cinco pinos. Una pena, de verdad, porque nos quedó de puta madre y habría encajado de maravilla en *Inspiración*. Detrás de ese gran ojo, colocamos una caseta destartalada con objetos parecidos a los que hallaste en el sótano de la que fue mi mansión. Por cierto, *Inspiración* es un novelón –me guiñó un ojo–. Has superado con creces nuestras expectativas.

–¿Y el vídeo de la chica, la falsa muerta? ¿Por qué?

–La chica lo hizo engañada, pensando que se trataba de un programa de cámara oculta. Cuando se enteró de lo que tramábamos intentó advertirte, pero la pobre se topó con un problema, una, digamos, encrucijada: si te avisaba directamente y tú no escribías la novela, no nos servirías de nada. Y, si no nos servías de nada… ¿Lo vas captando? Hizo lo que pudo con lo que tenía. Supongo que pudiste verlo venir, pero admito que no era fácil. Esa paliducha estuvo a punto de mandarlo todo al traste, de lograr que no escribieras la novela que nos dará la eternidad, pero tú estabas demasiado centrado en volver a la palestra.

–¿Y ahora qué?

–Cierra los ojos e imagínalo: la chacha, la gata y el mismísimo Anfernee Scott asesinados por la «secta» sobre la que gira su novela más célebre. Lo de la Familia Manson parecerá un juego de niños comparado con lo que estamos a punto de lograr. Primero permitimos que la *sheriff* destapara nuestros crímenes y luego llegó *Inspiración* y, con ella, las series, los documentales, las películas, las portadas de los periódicos… Pero aún puedes darnos un poco más. El empujón final. La eternidad.

Adhir se sacó un cuchillo de debajo de la túnica y lo acercó a mi corazón.

–¿Recuerdas la bruja de la leyenda, la que maldijo Heaven Lost? –le pregunté a Anne.

–Claro.

–¿También te inventaste esa historia?

–No. Es una leyenda que los viejos cuentan de vez en cuando.

–Pues es un consuelo –respondí con entereza.

–¿Por?

–Todos los que estamos aquí perdimos el cielo. Tú misma lo dijiste: «Antes de arder viva, maldijo al pueblo y a sus habitantes: quien pisara Heaven Lost entraría en comunión con el demonio y, por ende, se le cerrarían las puertas del cielo».

–Patrañas.

–Pues es un consuelo –reiteré.

–¿Te parece un consuelo ir al infierno?

–No, pero sí saber que todos acabaremos allí. Os estaré esperando entre gritos y olor a azufre. Y os mataré tal cual vayáis llegando, espero que más pronto que tarde. –Miré a mi esposa fijamente a los ojos–. Volveremos a vernos, mi vida. Y te juro por nuestro hijo que te arrepentirás de haberme traicionado.

–Cuidaré bien de él.

Adhir hundió el filo en mi pecho. Hasta la empuñadura. Pude sentir su aliento en mi boca.

Al menos no me torturaron.

Pero sospeché que, cuando dejara de respirar, me desnudarían y, a cuchillo, marcarían mi cuerpo con jeroglíficos egipcios.

38

La espada y la pared

Sandra Leigh

Mi móvil vibró sobre la mesita de noche.

Llevaba años sin recibir llamadas nocturnas; de hecho, desde que Jonny me llamó cuando lo sedaron mientras montaba guardia en la mansión Waitman.

Miré la pantalla iluminada: «Número oculto».

–¿Sí? –susurré mientras salía de la habitación; aunque Lucy gozara de un sueño profundo, no quise tentar a la suerte.

–Hola, Sandra.

Reconocí al instante la voz de Anne.

–¿Ha pasado algo?

–Sí.

–¿Por qué llamas desde un número oculto?

–Calla y escucha atentamente, *sheriff*.

–¿Qué?

–Anfernee Scott, su gata y su chacha acaban de morir.

–¿Qué coño estás diciendo?

–Que los hemos matado.

–Si es una broma no tiene ni puta gracia.

–Los cadáveres aún están frescos. El mundo no tardará en hacerse eco de la matanza.

Se me paró el corazón. ¿Era Anne una nuwaubiana, una supremacista negra de piel clara?

–¿Por qué?

–Porque su causa es justa. Ellos son mejores; la raza negra debe predominar en el mundo.

–Has perdido la cabeza.

243

–No. Los demás sois los ciegos: los nubios son una raza superior. Pero no te equivoques: que nos gobiernen no significa que nos sometan. A mí me han hecho muy feliz.

–¡Que te jodan, Anne! ¡Te juro que…!

–¡Cállate! –Su grito me hizo apartar el auricular de la oreja–. No te he llamado para transmitirte lo que hemos hecho. Te conozco, Sandra. Sé que eres una mujer implacable. Te he llamado para advertirte: no nos busques y no ayudes al FBI. No metas las narices en nuestros asuntos. Sigue con tu anodina vida o…

–¿O qué?

–Iremos a por lo que más quieres, a por la mujer que duerme al lado derecho de tu cama, que sale de casa por las mañanas sobre las seis, que conduce un sedán azul, que vuelve en torno a las dos para marcharse de nuevo sobre las cinco menos cuarto. –Me quedé sin palabras en medio del pasillo, en la penumbra, entre el salón y la cocina–. Adiós, Sandra. Espero que hasta nunca.

Colgó.

Me dejé caer al suelo mientras arrastraba la espalda por la pared.

Y, sobre un parqué frío y oscuro, rompí a llorar.

Epílogo

Los siervos

Cinco años después

Aparcó al otro lado de la calle, bajo una farola estropeada, mientras las demás teñían de un triste amarillo las aceras. Estar en el extrarradio de la ciudad cuando el reloj del salpicadero marcaba las diez de la noche le propiciaba numerosas ventajas. Desde allí podía ver las ventanas iluminadas de la vivienda, acechar a sus habitantes sin ser vista, como un animal nocturno.

«Lo que os mantenía con vida ha desaparecido», reflexionó mientras daba un sorbo al café que había comprado en una cafetería próxima.

Se apeó y anduvo como una neoyorquina más rumbo a la valla baja que rodeaba la vivienda. Miró a un lado y a otro y superó el cercado de listones puntiagudos con la tranquilidad de un lobotomizado. «Nadie es más peligroso que quien no tiene nada que perder», pensó mientras se agazapaba ya dentro de la parcela.

La luz de la luna iluminó un triciclo volcado sobre el césped, que la arrastró hacia un sinfín de recuerdos desagradables.

«El hijo», pensó.

Se asomó por la ventana del salón y los vio sentados en el sofá, viendo apaciblemente la televisión, pero no vio al niño por ninguna parte.

«Estará durmiendo —dedujo, agradecida por el golpe de suerte—. Hazlo de una vez y líbrate de esa carga».

Rodeó la vivienda y se acuclilló ante la puerta trasera. No era la primera vez que estaba en aquel jardín; había estudiado con anterioridad los puntos débiles de la vivienda y había comprobado que la cerradura de la puerta de atrás era salvable. Introdujo una llave manipulada y la golpeó con una piedra con el fin de hacer bailar los pistones del cilindro.

La puerta chirrió al abrirse, pero el sonido de la televisión, que los propietarios tenían a un volumen alto, aplacó el ruido delator.

Sacó una pistola con silenciador del bolsillo derecho y la empuñó con ambas manos. Anduvo con pasos cortos a través del pasillo, rumbo al salón. Entró sin detenerse en el umbral, como un vendaval tras derribar una puerta.

—Quiero esas manitas a la vista —ordenó ante el asombro de los asesinos y secuestradores, Anne Davis y Zac Sarkis, a quienes sorprendió acurrucados, con las piernas cubiertas por una manta.

—Mierda —susurró ella.

Zac hizo ademán de levantarse, pero la allanadora frenó sus impulsos encañonándole la cabeza.

—Vamos, dame una buena razón —dijo con una seguridad aplastante—. Quiero la dirección de tu padre y de tu hermano, o la mato ahora mismo. Y baja el maldito volumen, joder.

La *sheriff* desvió ligeramente el arma para apuntar a la supremacista negra mientras Zac apagaba el televisor con el mando.

—Si nos matas irán a por lo que más quieres —amenazó Zac.

—Estabas advertida, Sandra —apuntaló Anne.

—La gente muere —dijo la *sheriff*—. Crees que haciendo bien tu trabajo mantendrás a los tuyos a salvo; en mi caso, que dejándote amedrentar por unos sectarios de mierda alejarás el mal. Pero en la vida hay trances inevitables. Durante un tiempo hice lo que me «sugeriste»: dejarlo todo en manos del FBI, no meter las narices en vuestros asuntos. Seguí con mi vida, procurando no mirar atrás. Tus amenazas funcionaron durante un tiempo. Casi lo logras, hija de perra —prosiguió, con los nervios a flor de piel—. Pero Lucy sufrió un terrible accidente y mis miedos se fueron con ella. Dios me castigó por sucumbir ante las amenazas de unos sectarios asesinos. Por eso he venido a veros, vieja amiga: para resarcirme. No pienso consentir que el hijo de Anfernee Scott crezca rodeado de pederastas.

El silenció los envolvió durante unos segundos.

—Los nuwaubianos sabéis dónde vivo. No me oculto con el rabo entre las piernas, como hacéis vosotros. No tiro la piedra y escondo la mano. Estaré esperándoos con mi reglamentaria cargada. El siguiente en caer será tu padre. —Miró a Zac con repulsión—. Le voy a dejar una cicatriz nueva antes de meterle una bala entre las cejas. No obstante, si lo delatas junto a tu hermano Demond... Bueno, digamos que me pensaré dejaros con vida, parejita.

—¿Cómo has dado con nosotros? —se interesó Zac.

—Tras la muerte de Lucy entendí que no lograría nada rastreándoos. Necesitaba que alguien me hiciera de puente, ¿entendéis? Así que me puse a investigar a quienes acompañaron a Tituba durante su, llamémosle, revuelta. Empecé por los que tuvo más cerca. Recordé cómo la miraron fascinados, asintiendo a sus reproches con devoción, y deduje que alguno de ellos podría ser nuwaubiano. Durante más de año y medio centré mis esfuerzos en descubrir si ocultaban algo turbio. Me colé en alguna que otra casa, pedí un par de favores, pinché unos cuantos teléfonos... Sí, me salté las normas. Habéis convertido a la *sheriff* de Heaven Lost en una maleante. —Sandra guiñó un ojo con intención—. La cuestión es que uno de los investigados recibió una llamada de lo más absurda. Un sinsentido de conversación que interpreté como un mensaje cifrado. El tiro os salió por la culata; lo que creísteis que os protegía acabó delatándoos. *C'est la vie*. Rastreé la insólita llamada y esta me condujo a Filadelfia. ¿Y sabéis con quién me topé allí? Con el desgraciado que se hizo pasar por *sheriff* de Heaven Lost ante Anfernee Scott. Y el tal Eddie Bassett no estaba por la labor de cargar con el muerto. Así que le propuse un trato razonable e irrechazable: su vida a cambio de la dirección de Adhir Sarkis. Eddie no conocía el paradero de papá Sarkis, pero, *voilà*, el vuestro sí. Y, ahora, aquí estamos todos juntitos. Supongo que yo tuve suerte y vosotros no. «Karma», lo llaman algunos.

–Y no avisaste a los federales tras descubrir nuestro paradero –dijo Anne, con una mueca de admiración–. Me sorprendes, Sandra Leigh.

–Vuestro líder tiene televisor en su celda, ¿podéis creerlo? Un zumbado que violó a niños inocentes y los… En fin. No, no avisé al FBI. Lo que vosotros merecéis no puede dármelo la justicia. Y, una vez aclarado el tema de los «cómo»… ¿Vais a darme la dirección de ese canalla o no?

–Somos siervos del Madhi –dijo Anne sonriente–. Nunca traicionaremos al nuwaubianismo.

–Imaginaba que dirías una gilipollez así.

La *sheriff* apretó dos veces el gatillo en lo que dura el chasquido de un látigo.

Un par de tiros.

Uno por frente.

Dos sectarios muertos.

Gotas rojas adornando el sofá…

El sonido de los disparos, aun aplacados por el silenciador, despertó al niño que dormía en una de las habitaciones: huérfano desde hacía segundos, con un padre asesinado por su madre. A la *sheriff* no le quedó otra que volver sobre sus pasos mientras los llantos del hijo de Anfernee Scott resonaban por el pasillo como arañazos en una pizarra.

–¡¿Mamá?! –Oyó al pasar por delante de la puerta de su habitación.

«Tu puta madre está muerta».

Sandra estaba a punto de poner un pie en el jardín cuando advirtió que una puerta chirriaba como un cochinillo triste. Hizo ademán de marcharse, pero no pudo hacerlo sin más. Se cubrió el rostro con un pasamontañas que llevaba «por si acaso» y enfiló de nuevo el pasillo.

Se encontró al niño avanzando temeroso hacia el salón, descalzo y con un pijama marrón con jeroglíficos egipcios estampados.

—¡No! —lo previno en voz alta. El niño se volvió cuando se aproximaba al umbral, justo antes de descubrir a su madre con un agujero en la frente—. Acércate, pequeño. ¿Cómo te llamas?

El miedo podía leerse en sus ojos.

—Tranquilo, no te haré daño.

—Dwight Sarkis —dijo titubeante.

«Cómo no», pensó la *sheriff*.

Su dulce voz, unido a lo que representaban su nombre y su primer apellido y su marcado parecido físico con su padre, logró que a Sandra se le escapara una lágrima por debajo del pasamontañas.

—Hola, Dwight. Soy amiga de tu madre. Dentro de un ratito vendrán a buscarte unos señores para llevarte con ellos ¿de acuerdo? Cuando lleguen, diles lo siguiente: mi padre es Anfernee Scott.

—Pero mi padre es...

—Lo sé. Pero debes decirles eso si quieres que te lleven con tus padres, ¿entiendes? Es como una contraseña. ¿Sabes lo que es una contraseña?

El niño asintió con la cabeza.

—¿Mamá está durmiendo?

—Sí. Pero en casa de tu abuelo. Tus padres han tenido que irse por una urgencia y me han dejado aquí para cuidarte. ¿Sabes dónde vive tu abuelo?

Esta vez, el niño negó con la cabeza.

—¿Por qué llevas eso?

Señaló el pasamontañas.

—Porque me he quemado la cara y los médicos me han dicho que me lo ponga.

—Ah.

—¿Recuerdas lo que tienes que decirles a las personas que lleguen cuando yo me vaya? —El pequeño Dwight volvió a negar con la cabeza–. Mi padre es Anfernee Scott. Repítelo conmigo. Vamos. Tú puedes.

–Mi padre es Anfernee Scott –susurró con los ojos llorosos.

–Buen chico. Ahora métete en la cama. Y no salgas, ¿eh?

Dwight entró en su habitación y cerró la puerta.

–No puedo hacer más, Anfernee –susurró Sandra mientras miraba al techo del pasillo.

Abandonó la vivienda, superó el jardín agazapada y saltó la valla con soltura. Cruzó la calle, entró en su coche y sacó de la guantera un móvil de prepago.

Marcó el 911.

–¿Cuál es su emergencia? –contestó una voz de mujer.

–Dios santo. –Imitó la voz de una chica joven alterada–. Envíen una patrulla a las afueras de Scarsdale, por favor.

–Tranquilícese. ¿Cuál es la emergencia?

–Al pasar por delante de una casa he oído disparos. Y luego a un niño llorando. Y…

–¿Está usted en el lugar de los hechos?

–¡No, por Dios! ¡He salido corriendo!

–¿Puede darnos la dirección de la casa donde ha oído los disparos?

–179 de Woodruff Avenue, Scarsdale.

«No he debido decirlo tan del tirón, joder», se arrepintió.

–Un momento. –Sandra esperó apenas veinte segundos–. Dos agentes están de camino. ¿Puede darme su nombre?

La *sheriff* colgó. Bajo una farola estropeada, aguardó a que apareciera el prometido coche patrulla.

No tardó en doblar la esquina.

Cuando los agentes, linterna en mano, saltaron la valla tras probar suerte con el timbre exterior, Sandra Leigh arrancó el motor de su coche particular y condujo con las luces apagadas.

«Dos sectarios menos: un mundo mejor», se consoló de regreso a Heaven Lost.

El nuwaubianismo es una secta real estadounidense.
Y Dwight York un personaje de carne y hueso.

Índice